ラブコメの法則

東山彰良

集英社文庫

ラブコメの法則　目次

プロローグ　トラウマはなによりも増して重要なラブコメの前提である　9
1　男女の出会いは唐突であればあるほどよく、
第一印象は悪ければ悪いほどよい　11
2　物語を恋のほうへとねじ曲げるのは、いつだって親友の役割である　49
3　ミステリは最高の隠し味である　63
4　仕事とは主人公そのものである　81
5　二度目の出会いは恋の予感が濃厚に漂うものである　97
6　受け身ばかりではいけない、三度目の出会いは自力で手繰り寄せろ　106
7　恋に落ちたからといって世界が変わるわけではない　123
8　子どもをだしに使えば男女の急接近はおのずと可能になる　136

9 ギャグとユーモアを混同してはいけない 150
10 ラブコメといえど、突破口を切り開くためには流血をも辞さない 166
11 束の間の幸せはつぎなる試練の序曲である 193
12 値千金のひと言は妥協を許さない生き様の賜物である 204
13 女と逢えない時間が男を育てる① 235
14 登場するべくして登場した人物はかならず波風をたてる 239
15 女と逢えない時間が男を育てる② 254
16 ついに愛と夢を秤にかける 262
エピローグ ラブコメの未来像を描く試み 286
解説 瀧井朝世 300

ラブコメの法則

プロローグ　トラウマはなににも増して重要なラブコメの前提である

「あたし、やっぱり行くことにした」

六年前、平林果歩《ひらばやしかほ》にそう告げられたとき、わたしは失意のどん底にいた。

学生時代から二年もかけて書いた脚本が、とある大きな新人賞の最終審査にもれたばかりだったのだ。

それは文明が崩壊したあとの、いわゆる黙示録《ポスト・アポカリプス》後のアメリカ大陸を舞台にした、壮大で壮絶なサバイバル物語だった。

笑いごとじゃすまないくらい落ちこんでいた。インドとパキスタンの国境地帯よりも危険な精神状態にあった。

そこへニューヨークに住んでみなければほんとうの人生を知ることはできないくらいの勢いで、果歩はわたしの失敗の原因を、日本という島国から出たことがないところに求めたのだった。

「皮相的なものじゃだめなのよ、いろんな人生の裏側を知らずにどうやって人の胸を打つものが書けるの？」

おっしゃることはごもっともだが、こういうことをいけしゃあしゃあとぬかす女が渡米すれば、ほぼ間違いなく人生の裏側とおなじくらい金玉の裏側にも精通することになるだろう（まあ、女性にとってこのふたつはコインの表と裏のようなものなのだが）。

片腹痛いわ！

一世一代の大勝負に出るのはおおいにけっこうだが、芸術の本質はとどのつまり自己満足であり、ニューヨークへ渡る者が日本に残ってがんばる者よりもえらいなどということはけっしてない、とわたしは指摘してやった。

「だってさ、犬の糞《ふん》をバーニーズ ニューヨークの紙袋で片づけようが、イトーヨーカドーのレジ袋で片づけようが、なんのちがいがあるの？ てゆーか、むしろバーニーズニューヨークの袋のほうが虚《むな》しくね？ だってニューヨークくんだりまで行ったのに、やることといったら日本にいるときとなにも変わらないんだもん。映画の勉強？ ハッ！ やぶ蚊がよそ者を好むように、おまえもあっちに行ったらアメリカ人にちゅうちゅう吸われちゃうんだ！」

これで完全に吹っ切れた彼女は、過去をふりかえることなくニューヨークへ旅発《たびだ》ち、わたしは会社を辞め、過去をふりかえりふりかえりしながら、福岡へ帰ってきたのだった。

いまのところ、平林果歩はわたしが自力でフラれた唯一の女性である。

1　男女の出会いは唐突であればあるほどよく、第一印象は悪ければ悪いほどよい

客足が引いていく試写室で、わたしはいつものようにスマホを使って作品の感想をブログにアップする。最低ランクにかぎりなく近い評価を大胆に書きつけるが、ブログはわたしが大胆にふるまえるほとんど唯一の場所だ。

とはいえ、あらゆる芸術に敬意を払う者として、言葉選びにはいつでも慎重を期したい。どんな映画にもつくり手の思い入れがある。まさかそれを「うっかり観《み》てしまった方にはご愁傷様としか言いようがない一本」のひと言で切り捨てるわけにはいかないだろう。

だから、「この三年間に撮られた邦画のなかでワースト5に入る駄作」と忌憚《きたん》のないところも添えておく（書いたとたん、殺気を感じてあたりをきょろきょろうかがってしまった。が、もちろんわたしに害をなそうとする者などいない。古株のおばさんが甲高い声で受付嬢になにかまくしたてているだけだ）。

ことわっておくが、わたしはけっして重箱の隅をつついて粗探しをすることに無上のよろこびを感じているような輩《やから》ではない。それどころか、自分のことを評論家だとすら思ってない。

わたしの如《ごと》き外野が偉大なる芸術作品を云々《うんぬん》するなど、まったくもっておこがましい。そんなわたしが小賢《こざか》しい論評を書いて、まがりなりにも糊口《ここう》を凌《しの》いでこられたのは、ただただ御仏《みほとけ》の御導きである。わたしのブログを見た西陽新聞の記者が、奇特にもうちで筆をふるってみないかとおっしゃってくれたのがいまから四年まえ、すなわち都落ちから二年後のことである。

その縁がめぐりめぐって、現在は地元のフリーペーパー三誌にも寄稿させていただいている。

映画に関してわたしはずぶの素人だし、ずぶの素人でありたいと思っている。大学時代には偉大なる監督たちの研究もずいぶんしたし、カメラワークがどうのこうの、演出があるだこうだと屁理屈《へりくつ》をこねくりまわし、意見の相違には拳骨《げんこつ》にものを言わせもした。愚かなことであった。アナトール・フランスならこう言うだろう。メルド、糞《くそ》、無邪気なよろこびを批判癖によって台無しにするな、ただただ無知に徹して映画を楽しみ給《たま》え。

畢竟《ひっきょう》、面白いか、面白くないか。そのことだけをこの胸に問い、一映画ファンとして、これまでも、そしてこれからも駄文を綴《つづ》ってゆく所存である（仕事の依頼は随時受付中)。

ところで、ブログに心情を吐露することは、ある意味、新聞や雑誌以上に気を遣う。たとえ迂闊《うかつ》なことを書いたとしても、それが新聞なら、火炎瓶を投げこまれるのは新聞社であって、我が家ではない。

が、インターネットには殺し屋が潜んでいる。

数年前、別れた恋人の住所をYahoo! 知恵袋と探偵を巧みに使って調べあげ、首尾よく殺害した男のニュースに接したときは全身に鳥肌が立ったものだ(言葉選びに慎重を期さねばならないのは、こうした理由にもよる。この事件以降、大胆なことを書こうとすると、腹を刺された自分の姿が見えるようになった)。

わたしのブログには読者からの叱咤激励《しったげきれい》だけでなく、脅迫や詐欺や出会い系サイトからのいかがわしいメールもとどく。わたしがべた褒めした作品がつまらなかった、てめえ、金かえせ、という恨み節はこの仕事の宿痾《しゅくあ》だとあきらめているが、しかし熱烈なる読者諸氏は、一年間にいったいどれだけの映画がつくられているかご存知だろうか？

ハリウッドだけで約六百本、インドではその倍の千二百本、邦画はちょっと下がって四百本前後だ。これ以外に、もちろん中国や香港《ホンコン》やヨーロッパやほかの国々の作品も加わる。

この膨大な数の映画を、さながらメキシコの麻薬カルテルがヘロインをばらまくように、配給会社がばらまいている。メキシコの麻薬カルテルと日本の映画配給会社の最大の類似点は、ごくわずかな良作に大量の駄作を混ぜて売りさばいていることである。なけなしの金と時間を使うに値する映画を見極めるのは、ピュアなヘロインを見極めるくらいむずかしい。

そこで、わたしのような評論家の登場と相成る。

公平無私、虚心坦懐《きょしんたんかい》かつ大胆不敵に豪筆をふるい、隠れたる傑作を広く天下に知らしめ、観たところで屁のつっぱりにもならない駄作を一刀両断に斬《き》り伏せ、読者諸氏の財布と人生を守ることこそ己の使命と心得ている。わたしの拙《つたな》いブログがその一助となるなら、これに勝るよろこびはない。

だから、つべこべぬかすのはよせ。

わたしの紹介した映画がつまらなかったからといって、新聞社に噛《か》んだガムを送りつけるのは金輪際やめてくれ。てゆーか、そんなにわたしの書いたものが気に入らないのなら、おまえが書け。

だけど、あなたには書けない。なぜって、映画評論家はわたしであって、あなたではないからだ。

思ったよりも長く映画にいちゃもんをつけていたようで、わたしのほかには、受付に宣伝会社の女性をひとり残すばかりとなった。

うんざりせずにはいられない。

なかば媚《こ》びた、なかばおびえたようなその顔を見るにつけても、花谷《はなたに》環《たまき》がなにを考えているかが手に取るようにわかる。わたしがぐずぐず居残っているのは、腹に一物ありと見ているのだ。で、わたしがランチの入った紙袋をさげて試写室を出たとたん、案の定、ストーカーに待ち伏せされた女子高生のように身構えるのだった。

「あの、先日はごちそうさまでした」うわずった声でそう言って、ぺこりと頭を下げてくる。「すみません、あたし、ちょっと酔ってて……あれはべつに松田《まつだ》さんがどうこうじゃなくて」

「え？」わたしはおでこをコツコツたたき、先日のことなどまったく記憶から抜け落ちていて、いま言われてはじめて思い出したというふりをする。「ああ、ね」

「やっぱり仕事関係の方とはそういうふうにならないほうがいいと思うし……でも、あたし、松田さんの書く映画評はほんとにすごい好きなんで、よかったらこれまでどおり映画のこととか本のこととかいろいろ教えてください」

いたたまれずに、もうハナちゃん、やけんあれは冗談って、とかなんとか口走ってしまう。

「おれのほうこそ酔って悪ふざけしてごめんんね」

それからふたりして阿呆《あほ》みたく笑ってみたものの、すでに起こってしまったことは、どうしたってなかったことにはできない。飛び立った飛行機は空中で爆発でもしないかぎり、どうしたってニューヨークへ着いてしまうのだ。

死ぬほど気まずい。

先日の彼女はたしかにすこしばかり酔ってはいたが、「ホテルに行こう」と誘ったわたしに対して、明鏡止水の如く平常心で即座に「無理」ときりかえしてきた。だったらおまえを殺しておれも死ぬくらいの勢いで誠心誠意粘ってはみたものの判決はくつがえらず、それどころか相手をすっかりおびえさせてしまったのだった。

誤解のないように言っておくが、わたしはいわゆる女《スケ》こましではない。とんでもない。むしろ一族の女たちのせいで、さんざんチャンスを逃してきた。

花谷環とのはじめてのデートでいきなりそんな暴挙に出たのも、奈津子《なつこ》叔母さんのアドバイスに従ったまでのこと。曰《いわ》く、「杜夫《もりお》、時間をかけたらいかんよ、アラサー女がじらしにかかるときはエビで鯛《たい》を釣ろうとしとうときやけんね」

それを聞いて母やほかの叔母たちがいっせいに奈津子叔母さんをなじったが、わたしはそこに一分の真理を見たのだった。

子どものころから奈津子叔母さんが男をとっかえひっかえするのを目のあたりにしてきたわけだが、男をかえるたびに奈津子叔母さんの羽振りはよくなっていった。レクサスからベンツ、グッチからシャネル、韓国でのプチ整形から百道浜《ももちはま》の高級エステへと、着実にステップアップを果たした。こと男女のことに関する奈津子叔母さんのアドバイスは、いわば元泥棒の防犯講座のように説得力に満ち満ちているのだ。すくなくとも、あのときはそう思っていた。花谷環をホテルに誘うまでは。たぶん、どうかしていたのだ。

「あ、今日のどうでしたか?」沈黙に耐えかねた花谷環は、不憫《ふびん》なくらいのいじらしさで仕事の話にしがみつく。「新年度のうちのイチオシなんですよ」

「面白かったよ!」明るくふる舞いながらも、奈津子叔母さんの言うことを鵜呑《うの》みにした自分に対する怒りがふつふつこみ上げてくる。「きっと女性ウケすると思うなあ!」

「ほんとですか!」彼女は胸のまえで両手を合わせてぴょんぴょん飛び跳ねる。「じゃあ、ぜひ西陽新聞で紹介してください。よかったら松田さんのブログでも」

「了解、了解」わたしは心のなかで映画評に一文書き足す。邦画の前途に立ちこめる暗雲、と。「新年度一発目にふさわしい映画やしね」

大人気ないとは思う。罪を憎んで人を憎まずと言うが、映画にはなんの罪もないのだから（死ぬほどつまらないというのは罪ではなく、そんな映画を観たあなたへの罰だ）。しかしそれを言うなら、坊主憎けりゃ袈裟《けさ》まで憎いとも言うじゃないか。

―ご紹介、お願いします！　来週、監督が福岡に来るんで囲み取材の案内もファックスしますね」

気苦労ばかり多くて実入りのすくない仕事だが、ひとかどの人物になったような錯覚だけはたっぷり味わえる。わたしは背中でハナちゃんに手をふり、肩で風を切って女子トイレの脇から非常階段に出る。

昭和のにおいが残る幽暗な階段をのぼり、屋上に出るアルミドアを押し開ける。風がどっと吹きつけ、春の真新しい陽光が暗闇に慣れた目を刺した。

換気ダクトで羽を休めていた鳩《はと》たちがびっくりして飛び立ち、何羽かはそのまま那珂《なか》川《がわ》を越え、何羽かは旋回してまた舞い降りてくる。

子どものころは鳩が好きだった。しかし鳩のことを知れば知るほど、手放しで賞賛できなくなる。鳥獣保護法に胡坐《あぐら》をかいて、増えたい放題増えやがる。真璃絵《まりえ》叔母さんがときどき空気銃で撃つ気持ちもわかる。こいつらは不潔すぎて、フランスでは空飛ぶ鼠《ねずみ》と呼ばれているらしい。

「やあ、きたね」ディレクターズチェアにだらしなく沈んだ梅津茂男《うめづしげお》が、サングラスをかけた顔をこちらにむける。手にはワイングラス。「どうやった?」

「ケツの痛いロハス映画でした」

わたしは壁際に立てかけてあるもう一脚を開き、木箱のテーブルをあいだにはさんで彼のとなりに腰かける。

「つか、ウメさん、また観なかったんですか?」

「ひさしぶりの午前中の試写やったね」梅津は木箱の上のワインボトルに手をのばし、グラスを満たす。「こんな気持ちのいい日に映画やら観とられんばい」

「日本人、どうなっちゃったんでしょうかね。家族を捨てて、のこのこカンボジアまでいってプール掃除をやる女の話でしたよ」紙袋から自分でこさえたライ麦パンのサンドイッチを取り出す。具はエメンタールチーズ、レタス、トマト、それに父が丹精こめてつくったとびきりスモーキーなサラミ。「どいつもこいつも大切なものは日本以外のどこかにあると思ってんですよ。ニューヨークとかね！　午後のやつは観ますか?」

「なんやったっけ?」

「メリル・ストリープが出てるジジババもの」

海のほうからのぼってきた風が眼下の街路樹をざわめかせ、鳩たちが喉《のど》をクルクル鳴らす。那珂川を泥さらいの作業船がくだっていく。

「こないだ本屋をぶらぶらしてたら」梅津は木箱の下からワイングラスを出し、たっぷり注いでくれる。「ジャック・ニコルソンが表紙の雑誌があってね。映画雑誌と思って手に取ったら、ジジババむけの雑誌やった」

「シルバー・マガジンってやつですね」

「五十歳からのセックス特集とかやっとったよ」

「着実に高齢化が進んでますね」わたしはサンドイッチを頬張《ほおば》り、ワインをすする。

「ウメさんっておいくつでしたっけ？」

「五十四」

「じゃあ……」

「まさにどんぴしゃり、とか言ったらぶっとばすけんね」

わたしはサンドイッチをぱくつき、梅津は紗《しゃ》がかかったような青空を見上げたり、明治通りを行き交う車の流れを見下ろしたりしながらワインをちびちびやる。

換気ダクトでは鳩たちが鳩らしいことをやっている。およそ鳥類のなかで、鳩の求愛ダンスほど優雅という概念からかけ離れているものもあるまい。まるでチンピラが女子高生にからんでいるみたいだ。天神界隈《てんじんかいわい》にわんさかいるキャッチのあんちゃんたちを見かけるたびに鳩を連想してしまうが、求愛する鳩を見かけるたびに天神界隈にわんさかいるキャッチのあんちゃんたちを連想せずにはいられない。ひょっとすると、やつらの前世は鳩だったのかもしれない。

「一度訊《き》こうと思ってたんですけど」わたしはワインで口のなかのものを胃に流しこみ、「ウメさんってなにやってる人なんですか？」

梅津は煙草《タバコ》に火をつけ、ワイングラスを持ち上げて陽《ひ》にかざす。

「試写室にきても映画を観るわけじゃなし、一日中ここでボーッとワインを飲んでるだけでしょ。試写案内とかファックスしてもらってるんですか？」

「いいや」

「じゃあ、なんで日時とかわかるんですか？」

「この業界、長いけんね。松田くんはどこから送ってもらっとうと？」

「宣伝会社から直接きます」

「新聞連載はもう三年になるかね？」

「四年目に入りました」

「じゃあ、ここに通いだしてすぐ屋上に上がってきたったい？」

「あのときもウメさん、ワインを飲んでましたよね」

「なんで？」

「屋上が嫌いな人なんていないでしょ」

「でも、この十年でここに上がってきたのは松田くんだけよ」

「え？　じゃあ、もう十年もこうやってワインばっか飲んでるんですか！」

わたしたちは同時にグラスを口に運ぶ。ワインボトルにあたって屈折した光が、木箱の上で薄紫色にゆらめいていた。

「ウメさんにとって最高の一本ってなんですか？」

「むずかしい質問やねえ」と思案顔になり、「ある程度の値段のやつはみんな旨《うま》いね」

「――って、ワインやなくて」

「ああ、映画？」

「おれは『続 夕陽のガンマン』です」

「妥当すぎて面白くないなあ」

梅津はのんびりと煙草を吸い、空に吹き流す。

「西部劇なら、おれは『ロイ・ビーン』かな」

「へぇえ、どんな話です？」

「アウトローのロイ・ビーンがちっぽけな町に流れついて、そこで保安官になるっちゃん。『おれが法律だ』ってわめいて、ならず者たちをばんばん縛り首にするっちゃんね。爽快やったなあ。部下の保安官補たちもみんなアウトローでね」

「ロイ・ビーンはだれですか？」

「ポール・ニューマン」

「『明日に向って撃て！』もいいですよね」

「サム・ペキンパーの映画もしびれるねえ」

わたしはつぎつぎに札を切った。『イージー・ライダー』、『スケアクロウ』、『ダーティ・メリー クレイジー・ラリー』――

「松田くんはアメリカン・ニューシネマが好きなんやね」

「『カッコーの巣の上で』」

「『タクシードライバー』」

わたしたちはワイングラスを軽く合わせる。

アメリカン・ニューシネマとは一九六〇年代後半から七〇年代にかけて撮られた、反体制的な人間の心情をつづった一連の作品群の日本での総称だ。無鉄砲な若者が体制に闘いを挑み、とことん打ちのめされ、個人の無力を思い知らされて幕を閉じるものが多い。ニューシネマ作品に漂う濃い閉塞感《へいそくかん》の背後にはもちろんベトナム戦争があるのだが、誕生の直接のきっかけは映画製作倫理規定《ヘイズ・コード》の廃止である。わたしの理解では、このろくでもないヘイズ・コードとはどのつまり「アメリカでつくられる映画はすべてハッピーエンドで終わるべし」という政府からのお達しだ。一九六八年に廃止されたあと、まるで反動のようにアンチ・ハッピーエンドのニューシネマ作品がつぎつぎに撮られた(もっと詳しく知りたい方はウィキペディアでどうぞ)。

「じゃあ、ロードムービーは？　おれは『ザ・ロード』ですね」

わたしの問いに梅津は、「ヴェンダースの『さすらい』かなあ」

それはヴィム・ヴェンダースのロードムービー三部作を成す一本で、主人公が砂丘で脱糞するシーンやサイドカーを泳ぐように疾走させるシーンが印象的なモノクロ作品だ。しかしなにがいちばん印象的かと問われれば、主人公が映画館で映写技師のマスターベーションを目撃するシーンに話がおよんだとき、むかしほんとうにそういう場面に遭遇したことがあると梅津が打ち明けたことがなんといってもダントツである。

「マジすか？」

「映写室にはだれも入ってこんし、リールをかえる以外は暇やし、まあ、手持ち無沙汰《ぶさた》やったっちゃない？」

「わからなくもない……で、ウメさんはどうしたんですか？」

「どうもせんよ」梅津はワインをひと舐《な》めし、「映写室のドアを閉めて、ここに上がってきてワインを飲んだ」

「**ここの映写室か！**」

「いまもその人が映画をかけてくれとうとよ」

映画産業の裏側を垣間《かいま》見《み》たような気がした。

銀幕に映し出されるめくるめくドラマにわたしたちが一喜一憂したり、人生をふりかえったりしているそのすぐうしろで、打算と欲望が渦巻いている。力ある者は映画をつくり、金をがっぽり儲《もう》け、女優としっぽりやる。力のない者はマスターベーションの片手間に映画をかけ、それをわたしのような阿呆が観て手をたたいてよろこんでいるというわけだ。

しかし、気落ちするほどのことでもない。薄々わかっていたことじゃないか。

キングズ・アローは西通りにあるブリティッシュ・パブで、一日の試写が終わったあと、わたしはときどきここで一パイントのビールを片手に原稿を書く。

メリル・ストリープはまったくたいした女《たま》だ。『マンマ・ミーア！』を観たときは頭でも打ったんじゃなかろうかと思ったが、たぶんそれに近いことがあったはずだ。手元の資料によれば一九四九年六月二十二日生まれ。サバを読んでいるのでなければ、とうに六十を過ぎている。

なのにどうだ、あのケツときたら！

もしもこの作品がヒットするなら——と、ここまで書いて、さすがに新聞のコラムで「ケツ」はどうかと思い、ボールペンで当該箇所を塗りつぶす。

この時間のパブはまだ閑散としていて、いつもカウンターで飲んでいるトム・ウェイツ気取りの不機嫌な白人がひとりいるだけだ。まるでむかし別れた女が歌ってでもいるかのように、ブリトニー・スピアーズの歌に聴き入っている。

一九四九年生まれなら、ウッドストック・フェスティバルのとき、メリル・ストリープはちょうど二十歳だった。わたしはビールを飲み、ぼんやりと彼女の尻《しり》をノートにデッサンしてみる。ラブ・アンド・ピース、バリバリのフラワーチルドレン、すっ裸で踊り狂い、マリファナをふかし、反戦を叫ぶメリル——ボールペンは走りまくり、いつしかノートにおおいかぶさって一心不乱に絵の仕上げにかかっている。藤丸弘《ふじまるひろし》が日本語学校の学生たちを引き連れてかまびすしくなだれこんできたとき、わたしは大女優の尻に陰影をつけ、むっちりした太腿《ふともも》を描き、ワンワンスタイルをとらせているところだった。

腕時計に目を落とし、あと四分で午後七時だということに気づく。

ハッピーアワー終了四分まえ。藤丸たちが一丸となって半額ビールを買い求めようとするものだから、バーカウンターは取り付け騒ぎの勃発《ぼっぱつ》した銀行窓口のように騒然となる。全員が一パイントを二十秒で飲み干し、グラスをカウンターにたたきつけ、英語、韓国語、中国語、フランス語、日本語でいっせいにおかわりを注文する。

ハッピーアワー終了一分まえ。殺気立った留学生たちは拳《こぶし》でカウンターを打ち、まるで競馬場にいるかのようにわめきつづける。店の女の子は富岡《とみおか》製糸場の女工のようにけなげにビールを注ぎまくる。つぎの一杯が時間内に出てくると、留学生たちはおたがいに抱きつき、肩を組んで歌いだす。

ひとりで不機嫌に飲んでいた白人のオヤジがふりかえり、わたしを見て肩をすくめる。若者たちはアメリカ的であろうとしているだけなんだ、ただそれだけのことさ、とその青い目が語りかけてくる。だから、こちらも世界市民《コスモポリタン》よろしくうなずいてやる。すると奴《やっこ》さん、飢えた犬のように歯をむき、軽蔑《けいべつ》もあらわにぷいっとそっぽをむいてしまう。

さてと、今日は火曜日だ。

いつまでもこんなところで油を売ってはいられない。コラムを新聞社に送らなくてはならないし、ブログの更新もまだ途中だ。

わたしはノートと筆入れをデイパックに押しこみ、残ったビールを一気に飲み干し、席を立ってパーカを羽織る。それから、ゾンビのようにビールを貪る藤丸たちの背後を猫のようにすりぬける。

なにかを成し遂げようと思うなら、ひとりぼっちになる頃合《ころあい》を見誤ってはいけない。どんな分野であれ、その分野を管轄する女神はとんでもなくさびしがり屋さんなのだから。ひとりきりで苦悩しないやつは、けっして微笑《ほほえ》んでもらえない。そんなものなのだ。

「今度はチベットでタイガーマスクが出たってぜ」と、藤丸。「伊達直人《だてなおと》がどっかの小学校に文房具とサッカーボールをどっさり寄付したげな」

「このまえはイランかイラクやったよな？」と、わたし。「どこのどいつか知らんけど、よっぽど暇なんやろうな」

「金持ちの偽善者よ」

「けど、だれにでもできるこっちゃないぜ」

「うん、えらいよな」

時間は午後九時二十分で、わたしはまだぐずぐずビールを飲んでいる。映画の女神はこんなわたしにすっかり愛想尽かしをして、とっくにどこかへ飛んでいってしまった。

ハッピーアワーが終わるまえに大急ぎで二パイントを飲み干した藤丸弘は、その後も恐ろしいハイテンションを保ってつぎからつぎに日本語学校の学生たちを紹介してくれるものだから、友だちの輪がどんどん広がる。

店にやってくる客のほとんどがだれかの知り合いで、そのたびにまるで iPhone の発売日のような盛り上がりを見せる。わたしは白人たちと掌《てのひら》を打ちつけ合い、黒人たちと何度も手を握りなおす例のファンキーな握手をし、金髪のギャルたちとハグをする。

「で？」ただでさえ酒のせいで声の太くなった藤丸が、エアロスミスの音楽に負けじとさらに声を張りあげる。「宣伝会社の女とはどうなったとや？」

「ダメやった」

「え？」と、耳に手を添える。

「**ダメやった！**」

が、藤丸は聞いちゃいない。韓国人と思《おぼ》しき人たちの輪に頭から飛びこんでいき、さんざんひっかきまわしてからカウンターに帰還する。

「アジア人ってすぐ自分たちだけで固まるけん、おれたちも気を遣うとよ」と、わたしの耳元でがなる。「で？　奈津子は元気？」

「人の叔母さんを呼び捨てにすんな」わたしはやつの肩口にパンチを見舞う。「おまえもいい加減にあきらめろ」

「なんでや？　いま男おらんっちゃろうもん？」

「若く見えるけど、おまえより十七も上ぜ」

「ぜんぜんいけるぜ」

「おまえやら眼中にないいったい」

「なんでわかるとや？」藤丸は口を尖《とが》らせる。「一回キスさせてくれたっつぇ」

「あのなあ……この際はっきり言っとくけど、奈津子ちゃんはおまえが思っとうような女やないけんね」

「どういう意味や？」

「ヤレるかもしれんとか思うなよ。あの人は天然やけど、めちゃくちゃ怖い男友だちがいっぱいおるけんな」

が、このデブはまたしても聞いちゃいない。音楽がかわり、まるで自分の国の国歌でもかかったかのように踊りまくる留学生たちにむかって、ヒューヒュー叫びながら突進していく。

わたしはビールを注文し、たとえこいつが奈津子叔母さんを射止めることができたとしても、絶対にハートウォーミングなラブコメにはならないなと考える。

降ってても照ってても映画ばかり観てきたからわかるのだが、ハリウッドのラブコメには不動の黄金律がある。なにはさておき、主人公に必要不可欠なのは、恋愛を妨げる決定的なトラウマだ。四十歳にして童貞（『40歳の童貞男』）とか、妻の浮気で躁鬱病《そううつびょう》になった（『世界にひとつのプレイブック』）とか、音楽オタク（『ハイ・フィデリティ』）とか。そこへ恋が巨大隕石《いんせき》の如く飛来して、すべてを破壊していくという塩梅《あんばい》だ。主人公は宿命的なトラウマを乗り越える過程で自分の本心に気づき、真心一徹で破局のピンチを切りぬけ、恋に白旗を揚げ、ついにハッピーエンドの口づけと相成る。

では、この法則を我らが藤丸くんにあてはめてみよう。彼の抱える恋のトラウマは年の差だけだろうか？

驚くなかれ、前述のほとんどすべてがあてはまっちゃうのだ！

五年も付き合った彼女に指一本触れさせてもらえなかったばかりか、貢ぎまくったあげくにポイ捨てされて**鬱病**になり、ダメ押しに陰でほかの男とおっつかっつヤッていたことを知るにいたっては、睡眠薬をドカ服《の》みした。「だって、あんた、本ばっか読んで**オタク**っぽいんだもん」というのがその阿魔《あま》の言い分であった。藤丸弘が女性の素行に**童貞男**的なしつこさでこだわるようになったのは、それからである。

そんな珍無類の藤丸くんが奈津子叔母さんに本気の恋をし、万難を排し、万障を繰り合わせ、たとえ虚仮《こけ》の一念で想《おも》いを遂げたとしても、待っているのは『アンナ・カレーニナ』級の悲惨で血みどろのエンディングだけだろう。奈津子叔母さんは他人に害をなすような人ではないが、二度結婚し、二度とも旦那《だんな》さんに先立たれて莫大《ばくだい》な保険金を手にしているというのも、これまた事実である。

「で？」カウンターにかえってきた藤丸がわたしの肩に腕をまわす。「このまえ言いよった宣伝会社の女とはどうなったとや？」

「ぶっとばすぞ、貴様《きさん》」わたしはやつを払いのけ、「なんべん言わせるとや」

「ダメやったと？」藤丸は手をたたいて笑い、わたしのビールを横取りしてぐいぐいやる。「なんでダメやったか教えちゃろうか」

「はあ？」

「おまえは目が肥えすぎとったい」やつは血走った酔眼をわたしにひたと据え、「美人に囲まれて育ったけん、ちょっとやそっとじゃときめかんわけよ。おまえ自身は十人並みのくせに、十人並みの努力をせんやろうが。やけん平林にもフラれるったい。だっておまえ、**ふつう**なんやもん。その宣伝会社の女、可愛《かわい》かったと？」

「それこそふつうかな」

「やっぱな」

「なんが？」

「おまえ、べつにその女のことが好きやなかったとよ」そう決めつけて、また無遠慮にわたしのビールで喉を湿らせる。「なんとなくいけそうやけん、いっただけやろ」

「なんや、おまえ？」わたしはビールを奪いかえす。「なんか文句あるとや？」

「好きな女やったら、ふつう『ふつう』って言わんやろ」

「酸っぱいブドウの理論たい！　フラれたけん可愛いって言いたくないったい。ムカつくね、貴様、ぼてくりこかすぞ」

「じゃあ……」藤丸はきょろきょろとあたりを見まわし、詐欺師がカモに狙《ねら》いをつけるように店の奥を指さす。「あの娘《こ》、ほら、ダーツのところでドレッドの白人としゃべっとうの。あの娘は？」

「ふつうたい」

「あの娘ぜ！」やつはかんかんになって腕をふりまわす。「花柄のチュニックの、**あの女ぜ！**」

わたしは首をのばし、いま一度その女性をとくと品定めする。

ドレッド頭の薄汚い白人に腰を抱かれて煙草をくゆらせているのは髪の長い、目の細い、口の大きな女だ。胸元の大きく開いたチュニックに、ぴっちりしたジーンズを穿《は》いている。外国人のあつまるこの手の場所にはかならずいる、そう、あたしはあたしなの、無理してなにかに自分を合わせるつもりはないわ、だってそれがむこうでは常識なんだもん、という空気を必死で醸し出そうとしている、あのとてつもなく悲しいタイプだ。腰に刺青《いれずみ》なんかしていたら最高だ。

「やけん、ふつうって」

藤丸はわたしの顔をじっと見つめ、それから悲しげに首をふる。「あのクラスの女はな、世間一般じゃ美人に分類されるっつぇ」

わたしたちの視線に気づいた彼女は、まるでわたしたちが彼女をネタに性的な妄想に耽《ふけ》っていたと言わんばかりにつんっとそっぽをむく。そのくせ、背後からぐりぐり押しつけられる白人の股間《こかん》を意に介するふうもない。このような女性を描写するもっとも普遍的な単語は、おそらく〝ビッチ〟だろう。

平林果歩のことを思い出さずにはいられない。六年まえにニューヨークへ渡ってからはなしのつぶてだが、彼女もこの手のビッチに成り下がってしまったのだろうか？　きっとそうだ。アメリカに憧《あこが》れる女というのは、夢を追いかけるついでに、潜在的にビッチにも憧れているのだから。

「おまえがモテんのは超がつく面食いやけんたい。美人を美人とも思わん。どうせまた一回目のデートでホテルに誘ったっちゃろ？　そら引かれるわ。美人はちやほやされるのに慣れとうっつぇ。美人ほどちやほやされる。おまえみたいな無礼なやつにヤラせるわけなかろうもん。それにおまえ、**ふつう**やしね！」

「知ったふうな口たたくな、この馬鹿《ばか》」わたしはビールをあおり、その勢いで奈津子叔母さん直伝の理論をぶちまける。「美人ってのはふだんちやほやされとうけん、逆にちやほやせん男にクラッとくるったい。『あら、この人はほかの男とはちがうわ』てなもんたい。おまえがモテんのはな、しょーもない女を女王様みたいに扱うけんたい。やけん女が図に乗るっちゃろうもん」

「おまえのどこがほかの男とちがうとや？　仮におまえのやり方で女の気を惹《ひ》けたとしても、すぐに化けの皮が剝《は》げろうもん。『あら、この人はほかの男とちがうと思ったけど、ほかの男以下だわ』」

「ぐむむ」

「自分を過大評価すんな」藤丸はわたしのビールをひったくる。「いくら美人に囲まれとうけんって、おまえはおまえやけんな。最後まで言わせんな」

ふむ、一理あるかもしれない。

たしかにわたしの親族には美人が多い。ごくごく控え目に言ってもツブぞろいだ。三人の叔母に加えて母、妹、三人の従妹《いとこ》、それに従妹の娘たち——いちばんブスの従妹の亜矢子《あやこ》でさえ、地方局のリポーターをやっている。

母の姉の百合子《ゆりこ》伯母さんの話では、うちの家系には女しか生まれない呪《のろ》いがかかっているらしい。それというのも、わたしの曾祖母《そうそぼ》が情の深い人で、先の戦争で特攻隊員たちを慰安しまくったからだ（「あんたのひいばあちゃんは特攻隊員からもらった手紙を**こげん**持っとったちゃけん」）。その数は百人とも二百人ともつかないが、敵艦に体当たりして華々しく玉砕する最期の瞬間、日の丸を背負った若者たちは曾祖母の柔肌《やわはだ》を思い出し、「キヱしゃん！」とその名を叫んだという。

百合子伯母さんがなぜそんなことまで知っているのかは知らないが、戦場の露と消えた若者たちの悲痛な叫びが、そして曾祖母にもう一度抱かれたいという強い心残りが、第二、第三の深澤《ふかざわ》キヱを転生させているのだと百合子伯母さんは信じている。母のふたりの妹、すなわち真璃絵叔母さんが女にだらしないのも、奈津子叔母さんが男にだらしないのも、百合子伯母さんに言わせればこの呪いのせいだ。

わかってもらえるだろうか？

百合子伯母さんは、そう、ちょっぴり狂っているのだ。部屋に閉じこめすぎて発狂してしまった小犬も飼っている。しかし、それが長女というものじゃないか。それに天下にあまねく知られているように、狂気は美しさを妖《あや》しさで飾り立てこそすれ、瑕《きず》とはならない。百合子伯母さん自身がそのことを雄弁に物語っている。その美貌《びぼう》と、隠しても隠し切れない豊満な胸のせいで行く先々で大混乱を引き起こしてきた百合子伯母さんは、宝塚《たからづか》歌劇団時代こそパッとしなかったものの、来福したスティーヴン・セガールに口説かれまくったという輝かしい実績を持つ。

さて、シングルマザーの先駆けたる曾祖母キヱを反面教師として中世カトリック的貞操観念を身につけてしまったわたしの祖母絹絵《きぬえ》については、あまり語るべきことはない。

その豊満な胸に触れることを許したのはカトリック信者の祖父と、四人の娘たちだけだった。しかし、これまた百合子伯母さんによれば、祖母のせいで男がひとり死んでいる。横断歩道を渡る祖母のスカートを悪戯《いたずら》な風が巻き上げた瞬間、天神の交差点で乗用車が路面電車に突っこんだのだ。

ともあれ、曾祖母の遺伝子は百合子伯母さん以下、わたしの母や真璃絵叔母さんや奈津子叔母さんにもしっかりと受け継がれただけでなく、その血はわたしたちの世代にも脈々と流れている。

わたしはそんな環境で生まれ育った。つまり従妹たちをテレビやファッション誌で見つけ、妹を奪い合う喧嘩《けんか》沙汰を目のあたりにし、男を破滅させる叔母たちの高笑いをこの耳で聞いてきたのだ。最近もチビの千紘《ちひろ》が子役で映画デビューを果たした（わたしが各方面でその作品を褒めちぎったことは言うまでもない）。

うらやましい？

とんでもない！

平林果歩と別れてからも、わたしは数人と付き合った。そのうちのひとりは、わたしが従妹の恭子《きょうこ》（モデル）と歩いているところを目撃したばかりに激しい自己嫌悪に駆られ、清楚《せいそ》なお嬢様系から一気にマリファナを吸うようなヒッピーに転落してしまった。

散々苦労してようやく部屋へ連れ帰り、キャンドルを点《とも》し、ワイングラスを傾け、ジヨン・コルトレーンをかけ、いざ事に及ぼうとしたとき、くそったれの希美《のぞみ》（従妹。元暴走族。現在は三人の子持ち）がへべれけで乱入してきて、みんな台なしにしてしまった例もある。

二年も付き合ったカノジョをノイローゼにだってした。両親に紹介しようと家に連れ帰ったら、たまたま叔母と従妹たちが父の生ハム目当てにあつまっていた。我が家の女たちはカノジョを熱烈に歓迎した。猫が小動物を歓迎するように。百合子伯母さんはカノジョの男性経験を尋ね、真璃絵叔母さんはカノジョの父親の年収を尋ね、だれよりも短いスカートを穿いていた奈津子叔母さんは下の毛を永久脱毛するように勧めた。従妹たちは勝手に挙式はハワイと盛り上がり、千紘（当時七歳。希美の娘。翌年映画デビュー）は「杜夫おじちゃんはあたしと結婚するっちゃけんね」とわめき散らした。

ちくしょう！

こと女性の容姿に関しては、わたしはたしかに生まれつきテレビのお宝鑑定番組に出てくる鑑定士のような目利きなのかもしれない。わたしと鑑定士にちがいがあるとすれば、鑑定士ならお宝を手に入れることもあるが、わたしはこれまでの人生でただの一度もお宝を手に入れたことがないという点だ。

ひとり、平林果歩を除いては。

ところで、親愛なる読者諸氏はこうおっしゃるかもしれない。女しか生まれない呪いと言うがおまえは男じゃないか、と。ごもっともだが、そんなこと知るか。とにかくわたしは正真正銘の男で、断じて男が好きな男ではない。それに、じつは甥《おい》っ子だってひとりいるぞ。

あとひとり、大切な女性を忘れてはならない。しかし、母親に関して客観的な見解を述べられる息子などいるだろうか？　なので、ここでは小学校のときの担任が財布に母の写真を隠し持っていたという事実を指摘するにとどめたい。

考えれば考えるほど、もう一生だれからも愛してもらえないのではないかという気になる。平林果歩をこれほど恋しいと思ったのは、この三日間ではじめてだ。

ああ、果歩、おれはちゃんとまえへ進めているのかな！

藤丸の言う「世間一般では美人に分類される」ビッチは、ついにひとりぼっちになってしまった。こうした馬鹿騒ぎではだれもが一度は囚《とら》われてしまう、あの底なしの孤独にべっとりまとわりつかれている。

「おれがニュージーランドで働いとったときに知り合った娘やん」と、藤丸は察しがいい。「日本語学校の仕事もおれが紹介した」

ふぅん、藤丸の同僚か。

ケータイに没頭しているふりをしながら、彼女もまただれかが自分の良さに気づいてくれるのを雪割草のように辛抱強く待っている。わたしたちと目が合うと、今度はまるで金のにおいを嗅《か》ぎつけた映画プロデューサーのように破顔した。

これが孤独の本質なのだ。ジャスティン・ビーバーの曲に合わせて指をパチパチはじきながらこちらに近づいてくる彼女を見るにつけても、こう思わずにはいられない。ああ、そこまでしなくてもいいのに。おまけにカウンターに着くなり、藪《やぶ》から棒に「フォーウ！」だもの。

なんという孤独！

なんたる悲しみ！

「フォーウ！」もちろん、わたしと藤丸も叫びかえす。「フォーウ！」

「はじめましてえ！」と、手を差し出してくる。「マチでーす！」

「岩佐《いわさ》まち子さん」ここはもちろん藤丸が取り持つ。「こいつ、おれの小学校んときからの友だち」

「はじめまして」わたしは彼女の手を握る。「セバスチャンでーす！」

「え？」その瞳《ひとみ》が激しくスパークする。セックスを予感させる目だ。「ひょっとしてハーフとかですか？」

手をたたいて大笑いする藤丸を見て彼女は目を白黒させ、それから憎々しげにわたしをにらみつけてくる。「松田でーす」わたしは、まさかこれくらいのことで怒ったわけじゃないよね、こんな挨拶《あいさつ》はむこうではふつうなんだけどな、という笑顔で彼女の手をシェイクする。「先祖代々福岡生まれの福岡育ちでーす」

　せっかくなので、わたしたちはテーブル席へうつる。

「ひょっとして松田さんって、藤丸さんが言ってた映画評論家ですか？」

「ちょっとまえまではただのブロガーやったっちゃけどね」藤丸がわたしの背中をバシバシたたく。「こいつ、大学んときは自主制作映画を撮っとったとよ。瀬《せ》戸笙平《としょうへい》って知っとう？」

　岩佐まち子がかぶりをふる。

「たいして面白くもない映画を撮っとう監督やけど、そいつが松田の映研の同期やん。松田が脚本書いて、瀬戸が監督と主演をやった映画におれもちょろっと出してもらったことがあるっちゃけん、な！　ほんとうは松田のほうが監督志望やったっちゃけど、まあ、才能がなかったちゃろうねえ。ふつうに卒業して、ふつうに就職して、ふつうに人生ナメて会社辞めて――けっきょく**ふつう**のやつなんよ、こいつは！」

「黙れ、殴るぞ」

「で、暇を持て余して映画のブログをはじめたら、それがテレビで紹介されて……ほら、『女王様のディナー』って知っとう？　土曜の夜にやっとうやつ。それでブログ炎上。いまじゃあ、こいつ、新聞に連載するくらいの売れっ子やけんね。いやあ、ポール・ポッツやないけど、人生どうなるかわからんよ！」

「じゃあ、藤丸さんと同い年？」

「おう、今年で三十路《みそじ》！」と、意味もなく胸を張る藤丸。「独身、カノジョなし！」

彼女の目がこちらに流れ、わたしはこの展開ならほぼ百パーセント訊かれる質問――最近はなにが面白かったですか――の答えを口に溜《た》める。

美意識が問われる局面だ。

ハリウッドの大作などを挙げても、あまり感心はされない。かといってミニシアター系だと映画オタクっぽい。いちばんいいのはメジャーな映画館でかかったミニシアター系の作品だ。だれも知らなくても、これなら嫌味じゃない。この三カ月に限定すれば――

「でも、字幕で観てるんですよね？」

「え？」

「それでその映画のほんとの良さってわかるんですか？　こないだディカプリオの『華麗なるギャツビー』を観たんですけど、観ました？」

「うん、まあ」

「あの映画って舞台が一九二〇年代なのに、ＢＧＭにラップを使ってましたよね」

「そうだっけ？」

「ほら！」と、彼女はまるで鬼の首でも獲《と》ったかのように鼻息を荒らげる。「あの時代にはラップなんかなかったじゃないですか！」

　わたしと藤丸は顔を見合わせる。

「つまり、監督が意図してそういうギャップを盛りこんだわけでしょ？　英語がわからないと、そういう遊び心までは楽しめませんよね」

「それは」わたしは彼女を見据えて堂々と言ってやる。「いや、でもそれは……まあ、たしかにそうかもしれんけど……でも、そんなことを言いだしたら……」

「あたし、外国に住んでて思うんですけど、日本人とむこうの人って、おなじことを話題にしてても微妙にズレてるんですよねえ」

　藤丸がうなずきまくる。

　わたしは口をつぐみ、お話を拝聴する。

「言葉って生き物じゃないですか。たとえばI Love Youにしたっていろんなニュアンスがあるじゃないですか」

　アイロヴューって、あんた、そんなにきれいに発音せんでも……

「それを機械的に『愛してる』と訳してしまったら、日本語の湿度とか悲愴《ひそうかん》感のようなものがまとわりついちゃうんですよねえ」

　むむむ、さもありなん。ありがとう、今日までにすくなくとも百万回は指摘されてきたことを、こんなにも懇切丁寧に教えてくれて。なんと勇気のある女性なのだろう。他人に馬鹿と思われても、なんとも思わないなんて。

「岩佐さんは字幕なしで大丈夫なん？」

「ニュージーランドにしばらく住んでましたから」

「なんしとったと？」

「働いてました」

「へぇえ、どんなお仕事？」

「まあ、いろいろです」

「ワーキング・ホリデー？」

「え？」彼女の目が泳ぐ。「あ、はい」

「あっ、ワーホリなんだ……ふぅん」

「なんですか？」

「え？　なにが？」

「ワーホリだからなんですか？」

「べつに。ただ、ワーホリで海外に行っとった人って、なんでふつうにワーホリって言わんとかいなって思って。ワーホリって言うことになんか抵抗でもあると？」

「…………」

「まあ、たしかにワーホリとか青年海外協力隊って、生活に余裕のあるやつが自分探しをしとう観があるもんねえ」

「なんそれ？」彼女は細い目をキッと吊《つ》り上げ、「ワーホリのなんが悪いと？」

「それをおれが訊いとうっちゃけど」

「ワーホリって言うのと働いとうって言うのと、なにがどうちがうと？」

「それはやね」わたしはビールで喉を湿らせ、たっぷりもったいをつける。「働いとうって言うと日本語の湿度とか悲愴感とか人生の深みが出るけど、ワーホリのときは親の脛《すね》をかじって遊んどう的な**かる〜い**ニュアンスになるったい」

　彼女はわたしにひたと半眼を据え、臨戦態勢を整える。

　わたしは、ふふん、と戦略的に鼻を鳴らす。

　男どうしなら殴り合いに発展しそうな雲行きだが、このとき乱酔した白人が岩佐まち子を背後から抱きすくめなければ、ほんとうにそうなっていたかもしれない。ぐでんぐでんのその留学生は彼女の首筋に顔をうずめ、深々とにおいを嗅ぐ。わたしの聞き間違いでなければ、「ベイビー、鶏のクソは腹痛に効く」と言ったように思う。

　良家の子女ならここで悲鳴のひとつもあげるはずだが、もちろん岩佐まち子はそんなことはしない。こんなことくらいで大騒ぎするのは日本人だけだ、むこうではふつうのことよ、という極めて日本人的な勘違いが働いているのは傍目《はため》にも明らかだ。

　彼女はコスモポリタンらしく、苦笑しながらその留学生をたしなめる。留学生のほうはといえば、まるで「あは～ん、あなたって素敵」と耳に熱い息を吹きかけられたかのように顔を上気させ、腰を彼女にぐいぐい押しつける。

わたしと藤丸は即座に日本人らしくこの場の和を大切にする。すなわち、「イェーイ！」と叫び、「ヒュー！　ヒュー！」と囃《はや》したて、留学生の無礼なふる舞いを茶化すことで自尊心を守る。わたしたちは喧嘩が怖いわけではない。だって、こんな場所では女性を口説かないほうが失礼というものじゃないか！

目のまえのふたりはたちまち『テルマ＆ルイーズ』のような様相を呈する。ご存知ない方のために紹介しておくと、テルマ（ジーナ・デイビス）とルイーズ（スーザン・サランドン）はちょっとした週末旅行に出かけるのだが、道中ふらりと立ち寄ったバーで優柔不断のテルマがうっかりハーランという酔漢をその気にさせ、駐車場でレイプされそうになる。そのハーランをルイーズが撃ち殺してしまうところから、ふたりの女の破滅への逃避行がはじまるのだ。

さて、留学生が岩佐まち子の尻を鷲掴《わしづか》みにするにいたっては、わたしと藤丸ももはや黙ってはいられない。こそこそと目配せをし、あとは若い者どうしで、という仲人的配慮を働かせて席を立つ。

しかし、神様の悪戯としか言いようがない。緊張していたのか、はたまた飲みすぎたせいか、いずれにせよ勢いよく立ち上がったわたしの太腿がテーブルを盛大にひっくりかえしてしまう。

　グラスが割れ、皿が飛ぶ。床に落ちた灰皿が千鳥足で回転し、ばたつきながら倒れこむ。その音にすべての物音がからめとられ、気がつけば店は墓場のように静まりかえっていた。

「いや、いまのは……」

　張りつめた空気のなか、それでもなんとか取り繕おうとするわたしを差し置いて、藤丸のやつが黒人のギャングスタみたいに剣呑《けんのん》な野次を入れる。すっかりのぼせあがっていたわたしの耳には、「ヘイ、ユー！　ビンラディンはおまえのタコライスが大好き」と言ったように聞こえる。

　留学生も留学生で、岩佐まち子を放し、セックスよりもずっと楽しいことを見つけたような顔でにやりと笑う。呂律《ろれつ》のまわらない英語を吐き散らしながら、よろよろと迫ってくる。

　そのへべれけな感じに、わたしはたちまち勇気づく。ほとんど人事不省ではないか。ふう、ひやりとさせやがって。いくらなんでも、ここまで酔っぱらっている人間に負けるはずがない。義はこちらにある。この場にいる全員が証人だ。

　わたしは敵をにらみつけ、あとは野となれ山となれと飛びかかっていったのだが、あにはからんや、蠅《はえ》のようにたたき落とされてしまう。

「☠☠☠！」留学生がわめく。「☠☠☠！」

床の上を亀のように這《は》うわたしを、もうひとりのわたしが空中から見ている。そして、言う。心は燃えても、肉体は弱い（マタイによる福音書二十六章四十一節）。さらに言う。板垣《いたがき》死すとも自由は死せず。ダメ押しに言う。あやまっちゃえ、つまらない意地を張ったら病院のベッドで後悔することになるぞ、あやまっちゃえって！

そこで男らしく頭を下げようと体を起こしたのだが、わたしの目に映ったのは、留学生の顔面に食いこむ岩佐まち子のパンチだった。まるでスローモーションのように留学生の顔がゆがみ、唾《つば》と鼻水が横ざまにビヨーンとのび、つぎの瞬間、止まっていた時間を取り戻そうとするかのように派手に吹き飛ぶ。

「チョーシにのんなよ、この野郎！」大の字にのびた留学生に、岩佐まち子はロッキー・バルボアよろしく拳を突きつける。「おまえなんかにヤラせるか、GO FUCK YOURSELF!《くたばれ》」

このときの全身が粟立《あわだ》つような感動と興奮をどう説明したらよいのだろう。まるで長崎と広島の借りをそっくりかえしてやったかのように心がふるえた。仁王立ちの岩佐まち子は、わたしが全大和撫子《やまとなでしこ》に、とりわけ平林果歩に求めるものの象徴だった。彼女は国旗であり、国歌であり、ふたりだけで紡ぐ物語の一ページ目だった。

拍手喝采《かっさい》の渦のなか、わたしは岩佐まち子から一臂《いっぴ》の力をかりて立ち上がる。彼女は精悍《せいかん》で、気高く、さながら『G.I.ジェーン』のデミ・ムーアのよう。

「ごめんね、松田さん」それから恥じ入るように、「ありがとう」

「いや」と、ぶっきらぼうにわたし。「あんなのは見逃せん性分やけん」

彼女がうなずく。あまり褒められたことでもないが、わたしの変わり身の早さは芸の域である。

「相手に怪我《けが》させたらいかんと思って、一瞬躊躇《ちゅうちょ》したのがいかんやった」驚愕《きょうがく》して口を開きかけた藤丸の頭をはたいて黙らせる。「こちらこそ、ありがとう。みっともないところを見せたね」

「ううん」と即座に首をふり、「うれしかった」

岩佐まち子が頬をポッと染めて目をそらさなければ、わたしはいつまでも彼女を見つめていただろう。エアロスミスの、あの『アルマゲドン』の主題歌が高らかに鳴っていたのは現実なのか、はたまたわたしの頭のなかだけなのか。

2　物語を恋のほうへとねじ曲げるのは、いつだって親友の役割である

西通りの天神試写室での試写が終わったのが午後三時五十分、十分後の四時にはピカデリー・ホールでウディ・アレンの新作のお披露目だ。

ふたつの試写室は徒歩で十五分ほどの距離。試写がケツカッチンのときは、エンドロールも終わらないうちから駆けだす者もいれば、タクシーに相乗りする人たちもいる。

わたしは自転車だ。

西通りから明治通りに出て右折すると、中洲《なかす》までは一直線だ。天神の交差点をぬけ、国際会議場のあるアクロスまでくれば、もうこっちのもの。満開の桜に縁取られた那珂川のむこうに、崩壊寸前のピカデリー・ビルが立ち上がってくる。

うららかな陽射《ひざ》しのなか、人混みを縫い、オフィスビルの合間を颯爽《さっそう》と走りぬける。ショーウィンドウのまえをわたしの赤い自転車が彗星《すいせい》の如くよぎる。

西大橋の手前で信号が赤に変わり、試写の開映まで四分弱を残して停車を余儀なくされる。左手はちっぽけな水上公園で、ホームレスの人たちが噴水のまわりでカップ酒を

飲みながら談笑している。

自転車でふたつの試写室を行き来するときに感じるのは季節のうつり変わりと、そして福岡という街の小ささだ。人口の規模が半分なら、経済の規模は六分の一だと聞いたことがある。福岡の人口は五百万で、東京の約三分の一。この伝でいくなら、福岡の経済規模は東京の九分の一ということになる。

この九分の一の劣等感を埋めるために若者たちは上京し、ほとんどは打ちのめされて帰ってくる。帰ってこない人もいる。わたしに関して言えば、帰ってこられてほんとうによかった。映画評が認められたのはまったくの幸運からだが、おかげで九分の一の呪《じゅ》縛《ばく》から逃れることができたのだから。東京とは、たぶん、まだ何者でもない時代に夢を育《はぐく》むアパートなのだ。

ビルの谷間から見上げる東京の空はいつもくすんでいて、だれからもかまってもらえない子どものように不機嫌だった。

目の上に庇《ひさし》をつくって空を見上げる。

桜の花びら舞う福岡の空はまぶしく、青く、どこまでも広い。ＰＭ２・５に汚染されているとは到底思えない。鴉《からす》たちでさえ幸せそうだ。信号機に舞い降りてきたやつなどは、堂々と嘴《くちばし》に棒のようなものをくわえている。

木の枝じゃない。

スティックブレッドのようだ。横ではなく、縦にくわえている。どうやって食うか思い悩んだ末に、カア公のやつ、やにわに首をのばし、剣を呑《の》む大道芸人よろしく、縦のまま呑みこもうとするではないか！

わたしは刮目《かつもく》する。

が、案の定、激しくむせかえってせっかくの餌《えさ》を取り落としてしまうのだった。ほかの鴉がさっと飛んできて、それをかっさらっていく。

「あぁあ、横着するけんたい」

信号待ちをしている人たちが微笑み、鴉は照れくさそうに遠くを見やる。おまえは馬鹿だ。あまりにも情けないその顔に失笑を禁じえない。瓶に石を入れてちゃんと水を飲んだ御先祖様がいまのおまえを見たら、さぞや悲しむだろうぜ。

信号が青に変わり、鴉は飛び立ち、わたしはペダルを踏みしめる。で、なにがどうなったのかはさっぱりわからないけれど、鴉のやつが急降下してきて猛然とわたしに襲いかかる。

「うわっ！」あまりのことに、横断歩道の真ん中で横転する。「な、なんや⁉」

「カア！」やつの嘴が頭にゴッゴッ突き刺さる。「カア！　カア！」

「うわあああ！」

わたしはごろごろころがり、顔をかばいながら腕をぶんぶんふりまわす。立ち上がろうとして自転車に足をとられ、ガラガラガッシャーンとすっころぶ。鴉はけたたましく啼《な》きわめき、あの都市伝説どおりに目を狙ってくる。

「ギャアアア！」

とっさに両手で顔をおおう。あと一秒でも遅かったら、一生海賊のようなアイパッチをして生きていかねばならないところだった。目のかわりに、手の甲に穴が開く。やつは黒い羽をまき散らし、まるでヒッチコックの『鳥』みたいにまとわりついて離れない。わたしはほとんどパニック状態でのたうちまわる。体を回転させると、鋭い嘴が削岩機のようにガガガッとわたしの残像を連打してアスファルトを削る。

なんとか立ち上がって拳骨を突き上げることができたのは、この悪魔が空高く舞い上がり、天神方面へ飛び去ってしまってからだった。

「貴様、こら、かえってこい！　勝負しろ！」

まるで捨て台詞《ぜりふ》のような啼き声がビルのあいだに谺《こだま》した。

過呼吸寸前で立ち尽くしているところへクラクションが鳴らされる。我にかえってあたりを見まわすと、通行人たちがおびえたようにその場を離れていく。まるでわたしの額に６６６の血文字でも見つけてしまったような貌《かお》で。実際、頭を触ったらちょっぴり流血していた。

わたしは口に入った羽毛を吐き出し、写メを撮ろうとする人たちに顔をそむけ、自転車に飛び乗って試写室へと逃げこむ。試写室はいかなる意味においてもわたしの聖域であり、そして避難所なのだ。

ちくしょう、これでつまらない映画だったら覚悟しとけよ、ウディ・アレン！

ううむ、いったいどうしちまったんだ、ウディ？

明かりがつき、関係者がぞろぞろと退室していく試写室に居残り、スマホで寸評をブログにアップする——好きな人は好き。

ウディ・アレンの映画のいいところは、すべての人にとどく最大公約数的なメッセージを垂れ流さないところだ。そもそもメッセージがあるのかどうかすら怪しい。やたらと口は達者なのに、あとでじっくり考えてみると、べつにたいしたことを言っているわけでもないことに気づかされる。

そこがいいのだ。

マルクス兄弟から受け継いだナンセンス魂をそこかしこに感じる。ニューヨークの息吹を感じるナンセンスだ。ああ、ニューヨーク！　だれもが夢に見、そして夢に破れる街。平林果歩とほとんど入れ違いに、ウディ・アレンは二〇〇五年にニューヨークを離れ、ヨーロッパに仕事場をうつしている。そのせいかどうかはわからないが、カトリック教会の暗い影にすっぽりとおおわれた、なんとも逃げ腰の作品だった。もしグルーチヨ・マルクスがこの映画を観たら、ウディ・アレンの胸倉を摑《つか》み上げてこう言うだろう。「憶《おぼ》えときな、ウディ、グルコサミンが九十ミリグラムも入ったウコンドリンクがなんとマツキヨで買えるんだぜ」

グルーチョこそ真のキング・オブ・ナンセンスだ——そんな飾らない感想を書いてスマホをしまうと、どこかのおばさんが受付で花谷環を困らせていた。

「あたくし、この試写室にくるようになってもうかれこれ二十年になりますけど、三列目の右端以外にすわったことはございませんのよ」

ハナちゃんはあやまるべきか、道理を説いて聞かせるべきか、はたまた毅《き》然《ぜん》とした態度でおばさんの口に一発お見舞いしてやるべきか判然としないご様子。

「最近お見かけするようになった方みたいですけど」語尾を上げながら、無遠慮にわたしのほうを見やる。「おたくからひと言おっしゃっていただけません？　**三列目の右端**にはすわらないようにと」

「いや、でも……」ハナちゃんがおびえたようにこちらを盗み見る。「そういったことは……」

「最近は試写室のマナーも悪くなりましたわよねえ」まるで骨を奪われた犬のように、おばさんは聞こえよがしにこうくる。「あーたもそう思うでしょ？　ちょっとマスコミにとりあげられたくらいで大きな顔をされてもねえ！」

わたしはスマホをデイパックにしまい、三列目右端の席を立ち、ふたりの会話を邪魔しないようにうしろの出入口からそっと試写室を出る。女子トイレの脇から非常階段に出、錆《さび》の吹いた階段をのぼり、屋上のアルミドアを押し開ける。

とたん、時間が止まった。

換気ダクトの上で鳩たちが、そして換気ダクトの下でふたりの男がパッとふりむく。わたしに見覚えがあるのは鳩たちと梅津だけで、危険なにおいのする真っ赤なジャージでキメているもうひとり——床屋と喧嘩でもしたんですかと訊きたくなるようなもっさりした髪、顔の半分ほどもある鼈甲《べっこう》眼鏡をかけ、言うなれば人を殺したばかりのウディ・アレンのような男には見覚えがない。

ふたりはむかい合わせに立っており、CDのようなものをやりとりしている最中だ。どちらの手もちょうどケースにかかっているので、CDの来し方、行く末は判然としない。

見てはいけないものを見てしまった。

三《み》つ巴《どもえ》状態で、わたしの目は梅津から見知らぬ男へ、そして夕陽を受けて赤く輝くCDケースを経由してまた梅津にかえる。木箱の上にワインボトルは出てないから、梅津が「いやあ、この歳《とし》になってPerfumeを聴いとうって知られたら恥ずかしいけんね」などと赤面しながら弁解し、ワインを勧めてくれることもないだろう。

わたしは静かにドアを閉め、非常階段を下りる。

見知らぬ男がサイレンサーつきの拳銃《けんじゅう》を握りしめて追いかけてくるかもしれない。そう思って階上《うえ》を見上げてしばらく期待してみたが、なんの動きもなかった。わたしの上には階段があって、わたしの下にも階段がある。

人生は、そう、映画ではないのだ。だからそのまま一階まで下り、自転車に跨《また》がり、桜並木を走りぬけて家に帰る。


ブログを更新しているところに、藤丸弘がふらりと訪ねてくる。

「どうした？」わたしの額の絆創膏《ばんそうこう》のことを尋ねているのだ。「わかった、また試写室でだれか侮辱したっちゃろ」

「鴉に襲われたったい」

やつは歩けばチューーバの音が聞こえてきそうな肥満体をゆすって部屋にあがりこみ、インディ・ジョーンズの等身大パネルの横のラック——わたしの精神を形成した名画の殿堂——を物色しはじめる。

聞こえなかったのかなと思い、もう一度自慢してみる。

「鴉に襲われたっつぇ」

しかし、柳に風でちっとも話にならない。それどころかブッと一発、コクのあるやつをやられてしまう。

ご紹介がおくれたが、この男は大学四年間をかけてメルヴィルの『白鯨』を精読した大馬鹿者である。卒論まで書いた。ちなみに、岩波文庫の『白鯨』は三巻組みで、どれも五百ページくらいの分量がある。しかも、だれもが期待する血湧《わ》き肉躍るような冒険譚《たん》はほんのわずかで、あとは鯨や捕鯨に関する薀蓄《うんちく》がこの世の終わりまでえんえんとつづく。

そんな本に手を出すだけでも自殺行為なのに、藤丸のやつは原文でも読んだ。神経衰弱になってしばらく学校に行けなかったのも自業自得と言うほかない。「すばらしい本やったね」と、藤丸はよく言ったものだ。「五十ページくらいにまとめられそうな話やけど、とにかくおれは二回も最後まで読みきったけんね」

こいつの厭世《えんせい》的な人生観と、折りに触れてあたりまえのことを言って他人の胸を打とうとするいやらしい態度（「明けない夜はない」「降りやまない雨はない」「美しい薔薇《ばら》にはトゲがある」「リンゴの樹《き》に生《な》るのはリンゴだけ」）は、このときの読書体験と切っても切れない関係にあるとわたしは見ている。藤丸はちっぽけな人間なので、こいつといるとわたしはくつろぐことができた。

「どれがオススメ？」

「『ルド and クルシ』」

「どんな話？」

「メキシコの陽気な兄弟がサッカーをやる話。回想のモノローグがときどき入るっちゃけど、女をサッカーボールに喩《たと》える話がめちゃくちゃ冴《さ》えとうぜ」

「ふぅん」

ＤＶＤをプレイヤーにセットした藤丸はソファに腰をおろし、リモコンをいじり、持参したビールのプルタブをぬいて『仁義の墓場』という任侠《にんきょう》ものを見はじめる。

「やい、こら」

「ん？」

「人がせっかくオモロイ映画を教えてやったのに、どういうつもりや？」

「おれとおまえの仲やけん言わせてもらうけど」藤丸はテレビ画面に目をむけたまま、布袋腹《ほていばら》をぽりぽりかく。「おまえのオススメせん映画がおれにはオモロイみたいやね」

「そんなこと言うやつはおれの部屋から出ていけ」

藤丸はビールを飲み、やおらコーヒーテーブルの上のチラシをつまみ上げ、その裏にNietzscheと書きつける。

「ニーチェと読む」

「へぇえ」

「ニーチェについておれがいままで聞いた意見のなかでいちばん納得したのは、ジュール・ルナールが言ったことやね」

「なんて言ったと？」

「『この名前の綴りには無駄な字が多すぎる』」

「たしかにそうやね」

「たかがニーチェ、たかが映画よ」藤丸はすわりなおし、両足をコーヒーテーブルにのせる。「地球はそんなもんと関係なくまわっとうっちゃけん。朝が来て、夜が来る。それだけやろ」

「なんでいつもそんな屁みたいなこと言うとや？」わたしは席を立って、やつの頭をはたく。「みんなを不愉快にさせるだけやろうもん」

引きつづき藤丸は仁義の墓場へと突っ走る渡《わたり》哲也《てつや》に没頭し、わたしはブログに送られてきたメールにレスポンスをつけていく。〈なぜどれそれを紹介せずに、どれそれを紹介したのですか？〉〈どれそれが良い作品だなんて、動物虐待を肯定しているのですか？〉〈おまえの目は節穴か！〉。

ブログを火曜日に更新するのには、ちゃんと理由がある。親愛なる読者諸氏は一週間のうちで何曜日がいちばんお嫌いだろうか？　おそらく火曜日がいちばん嫌いだという方が大半ではなかろうか。月曜日もいやだが、日曜日に養った英気が残っているぶん、火曜日よりは幾分ましだ。水曜日は週の中日《なかび》、木曜日以降はもう言わずもがなだろう。

火曜日だけなにも肩書きがない。

そんなわけで、火曜日なのだ。

映画ファン限定の気晴らし。愛情一本。餅《もち》は餅屋、映画評は〈松田杜夫のチューズデイナイト・シネマ・クラブ〉である。

小一時間が経《た》ったころ、藤丸が唐突にこう訊いてくる。

「女ってさ、なんが決め手で男を好きになるとかいな？」

「やめとけ」

「まだなんも言っとらんけど」

「なんか知らんけど、下手なことを言ったらセクハラやけんね」わたしはキーボードをたたきながら釘《くぎ》を刺す。「屁をこいても命とりになる時代ぜ。大学のときにセクハラで訴えられて自殺した先生がおったけど、ゼミの学生とふたりきりのときにいっつも屁をこいとったせいらしいよ」

「マジでか？」

「おれが知るわけなかろうもん」

おたがい、またしばし無言になる。テレビでは渡哲也が多岐川裕美《たきがわゆみ》をこましている。

「先週、おれの同僚を紹介したやん」

「どの人？」

「岩佐まち子」

「ああ、あの外人かぶれのビッチ？」書いてしまわなければならない反論を書いてしまってから、椅子《いす》を回転させて藤丸にむきなおる。「おれはああいう女は苦手やね。ああいう外人かぶれを見とうと日本の鎖国は正解やったと思うね。あの女がどうしたと？」

「今日、おまえのことをいろいろ訊いてきた」

「へ？」

「カノジョはおるかとか、あんなにはっきりものを言う日本人はめずらしいとか」

「え？」わたしはわけもなく緊張し、横髪を手で梳《す》く。「そう？」

「おまえ、あのとき逃げようとしたよね？　ほら、キングズ・アローで彼女が留学生にからまれたとき」

「はあ？　そんなわけないやろ。あそこで逃げるとか男としてありえんし。どこに目ぇつけとうとや、貴様」

「まあ、べつにどっちでもいいけど」藤丸は首をふりふり、「でも、そうか、やっぱりおまえのほうは嫌いなんやな」

「ちょちょちょちょ」思わず身を乗り出してしまった。「だれも嫌いとか言っとらんし」

「でも、いま苦手って……」

「いやいやいやいやいや！」わたしは、はじめてチアリーダーをモーテルに連れこんだ補欠選手のように息巻く。「苦手でも好きなものはあるやろ？　蕎麦《そば》アレルギーのやつはべつに蕎麦が好かんで食わんわけやないし！」

テレビの画面ではシャブ中の田中邦衛《たなかくにえ》がでっかいリボルバーで人をバンバン撃っていたが、その流れ弾が心臓に命中してしまったような気分だった。

あんなイカした女がわたしのような冴えない男に興味を持つはずがない？　どっこい、万物はアメリカ化している。我々の好むと好まざるとにかかわらず。思うにアメリカモードに切りかわったわたしの不躾《ぶしつけ》な態度が、あの晩のちょっとした狂騒と相まって、外国人かぶれした彼女の奥深いなにかに触れたんじゃなかろうか。

3　ミステリは最高の隠し味である

今朝のテレビで観たのだが、恋愛のメカニズムを解き明かすには原始時代の生活様式にまでさかのぼらねばならないそうだ。

恋をするとき、男と女では脳みその活性化する部分が異なる。男は視覚をつかさどる部位が活性化する。これは相手の女性が自分の子孫を残すのに適しているかどうかを瞬時に見極めるためだ。

対して、女のほうは記憶をつかさどる部位が活性化する。これは男が自分にどれだけ尽くしてくれたかをちゃんと記憶し、善き夫となってくれるかどうかを判断するためらしい。

藤丸のせいで先週いっぱい岩佐まち子のことを悶々《もんもん》と考えたあげく、気分転換に近所のドラッグストアへ買い物に行ったらば、コンドームの陳列棚のところで足に根が生えたように動けなくなってしまった。

もしあの番組で言っていたことが真実なら、これは断じて恋なんかじゃない。こっちは彼女の外見などろくに憶えてもいないのだから。このことは、彼女を見てもわたしの脳が活性化しなかったということだ。かすかに憶えていることといったら、指をパチパチ鳴らしながら踊るように歩いてきたときの、あの高慢ちきな物腰だけ。

わたしの子孫を残すのにうってつけの、あのもっちりした腰ときたら！

いくら容姿を思い出そうとしても、サンドラ・ブロックの顔しか思い浮かばない（こんなふうに美化してしまうのは、あの晩どこかの時点で、藤丸が彼女のことをサンドラ・ブロックに似ていると言ったせいだ。そうにちがいない）。

なのに、なぜわたしは彼女のことがこんなにも気にかかるのか？

ただの性欲なのか？

それとも平林果歩での失敗を、彼女で取り戻そうとでもしているのか？

ふつふつと湧き上がるコンドームを購入したいという衝動にあらがいながら、一週間考えぬいたことをまたぞろ考えてしまう。

第一印象で怖がらせておいて、急にやさしくしてやると女性はころっといきやすいというが、男でもそれはおなじなのだろうか？　あのイカレた白人にぶん殴られて死ぬほどびびったあとで、彼女にやさしくしてもらったのはわたしのほうなのだから。

ほとんど無意識に財布をあらため、先立つものが入っていることをたしかめる。

わからないのは彼女の了見だ。岩佐まち子のような女はこちらがアングロサクソン系じゃないという理由だけで犬扱いしてくる。そんな女が藤丸にわたしのことを根掘り葉掘り尋ねた。

いったいなにが吉と出たのか？

それとも、やはり純然たる勘違いのつづきなのか？（彼女はわたしが故意にテーブルをひっくりかえしたと思っているわけだから）

陳列棚のまえにしゃがみ、最下段のコンドームをにらみつける。いずれにせよ、備えあれば憂いなしだ。

それに腐るものでもなし。

両手に箱をひとつずつ取り、性能と値段のちがいをとっくり吟味していると、コンドームたちがひそひそと語りかけてくる。ぼくたち〈うすうすシリーズ〉にはランクが三つあるんだよ、きみがいま手にしているのは〈うすうす1000〉クラスだけど、それだと相手に失礼にあたるのでは？　それに避妊効果にも一抹の不安が残るよね？　いちばん高い〈うすうす2000〉だと、けっきょく出番がなかったときにひどい自己嫌悪に苛《さいな》まれはしないかい？　コストパフォーマンスのよい〈うすうす1500〉があと一個しか残ってないのはそういうわけなのさ。

背後から声がかかったとき、わたしはもうすこしでコンドームと心を通わせてしまうところだった。低く、強い酒と煙草に焼かれたような声だったので、すぐに新一年生の

でくる。

甥っ子だとピンッときた。

「ああ、たまげた！」コンドームを投げ捨てて立ち上がる。「高倉健《たかくらけん》かと思った」

ランドセルを背負った裕樹《ひろき》のうしろから、妹の小夜子《さよこ》の軽蔑しきった視線が刺しこんでくる。

「見て見て、杜夫おじちゃん、新しいランドセルばい！」

裕樹はたしかにそう言ったのだが、どうしても高倉健が「不器用な男ですから」と言っているように聞こえてしまう。

「おう、ピカピカでかっこいいな。そうか、入学式は来週やったな、それでうれしくてずっとランドセルを背負っとうっちゃね」

甥っ子の頭を撫《な》でようとしたら、妹に手をパシッと払われてしまった。

「そんなものを触った手でうちの子に触らんで」

裕樹は母親の剣幕にたじろぎ、わたしを見上げ、そんなものを見下ろす。

この子がこっそり〈うすうすシリーズ〉を買うようになるのはまだまだ先のことだが、やがて大人になり、いつの日か愛する女性と結婚し、その女に精も根も吸いとられ、さやかな心の拠《よ》り所となってくれた浮気相手を妊娠させてしまったとき、コンドームに対する罪悪感の種が蒔《ま》かれたのはこのときだったことに気づくだろう。

小夜子はまるで使用済みのコンドームを顔面にぶつけられたような顔をしていた。小

たくらいだ。

夜子の美人伝説はあまりない。十代のころ、こいつの名前を腕に刺青していた彼氏がい
「裕樹」わたしは中腰になって、ちっちゃな甥っ子の目をのぞきこむ。「入学祝い、なんがほしい？」

「３ＤＳ！」

「そうか、３ＤＳか。よしきた」

「ダメよ」

裕樹が泣きそうな顔になり、わたしは小夜子をにらみつける。

「ゲームばかりしとったら前頭葉が退化するっちゃけんね」

「だってみんな持っとうとよ！」わたしは断固として甥っ子の心を代弁してやる。「持っとらんと遊んでもらえんっちゃけんね！」

「あたしは裕樹にお兄ちゃんみたいになってほしくない」

「なんや、おれみたいって？」

「むかしから部屋にこもって映画ばっかり観て……友だちもおらんし、協調性もない。百合子ちゃんがたまたま映画の仕事をしとったけんよかったけど、そうじゃなかったらどうなっとったと？　お母さんが百合子ちゃんにたのんでくれんかったら、お兄ちゃん、ニートのまま三十歳になっとったとよ。裕樹にはそうなってほしくない」それから甥っ

子にむきなおり、「裕樹、杜夫おじちゃんとおったら楽しいかもしれん。なんでもやりたいようにさせてくれるけんね。おじちゃんちでこっそりコーラも飲ましてもらってるやろ？」

裕樹が目を伏せる。

「はいっ、いいですかあ、人という字は、人と、人が、支え合ってできてるんです、このバカチンがあ」

「でもね、そんなんじゃ裕樹がダメになると」妹は、しかし、わたしの渾身《こんしん》の金八先生には目もくれない。「わかる？　アリさんとキリギリスさんのお噺《はなし》をしてやったろ？」

「ちょっと待て、おれがキリギリスだって言いたいとや」

「うぬぼれんでよ」釣り針を見破った魚のような目で見られてしまった。「お兄ちゃんの問題はね、アリにもキリギリスにもなれんってことたい」

「ぐむにょごにょ」

「裕樹にはそんな中途半端な生き方はしてほしくない」

「えらそうに言うな、馬鹿。そんなやけん旦那に捨てられるったい」

「はあ？」妹はキッとまなじりを決し、「そんなの関係ないやん」

「大ありたい！　最後に会ったとき、正樹《まさき》くんがこぼしっとったぞ。おまえがぜんぜんさせてくれんって。どういうつもりや？　あれはべつに子どもをつくるためだけにするもんやないぜ」

「子どものまえでそんな話せんでよ。あたしはただ裕樹が母子家庭ということで馬鹿にされんようにちゃんとしたいだけやん」

「旦那にもその調子でギャーギャー言いよったっちゃろ。最後にしたのはいつや？　民主党時代や？」

「やけんって浮気していいと⁉」小夜子はほとんど叫んでいる。「けがらわしいったい！」

「おまえがさせんっちゃけん、しようがなかろうもん」

「こっちは子育てをしとるとよ。夜遅くにそんなことをする元気やらないったい！」

「ハッ！　子どものせいか！」

「子育てをしたこともないくせに！」

「おい！」わたしは妹に詰め寄る。「言っとくけど、裕樹の幼稚園の送り迎えはずうっとおれがしとったたっちゃけんな！」

「それは仕事がなくて暇やったけんやん！」

「子どものまえでそんな話すんな！」

「この失業者！」

「やかましい、この不感症！」

わたしたちは怒鳴り合い、胎児時代にまでさかのぼっておたがいをけちょんけちょんにけなし、肩で呼吸《いき》をし、気がつけば陳列棚の両端にちょっとした人だかりができている。

この一部始終がコンドームの棚のまえで行われていることに気づくと、野次馬たちの目に一様に理解の光が射す。おばさんたちがひそひそ耳打ちし合っては、なにやらうなずきまくる。おそらく傍目には子どもが原因でセックスレスになってしまった夫婦の痴話喧嘩、しかも妻が育児を放棄し、失業中の夫がそれを逆手にとって性交渉を迫っている図に見えたにちがいない。

わたしと小夜子はこの不体裁に恐れおののき、裕樹をひっぱってそそくさとドラッグストアをぬけ出す。

「だいたい、おまえ、なんでこんなところにおるとや？」

「裕樹がお兄ちゃんにランドセルを見せたいって言うけん、飲み物でも買っていこうと思って」

甥っ子と遊びすぎて、試写開映ぎりぎりにピカデリー・ビルのエレベーターに飛びこむ。疾風迅雷の如く駆けたので、ビルの測量をしていた作業服の男たちが、わたしの巻き上げる埃《ほこり》でゲホゲホと咳《せ》きこむ。

目的の階のボタンをたたいて顔を上げると、男がひとり走ってくるではないか。わたしは迷わず〈閉〉ボタンを押す。あと一分で映画がはじまる。こんなやつなど待っていられない。

男が走る。

ドアが閉まる。

わたしは〈閉〉ボタンを連打する。

人にはどうしても負けられない戦いがあるのだ。

閉じかけたドアを押し開いて体をねじこんできた男は、コメディアンじゃなければ阿呆しかかけないような大きな眼鏡をかけ、七三に分けた髪が汗で額に張りついている。わたしを見てふんと冷笑し、おまえなんかと遊んでる暇はないとばかりにフロア表示灯を見上げる。

おいおい、すみませんのひと言もないのか！

最近の若いやつときたら。わたしはやつの背をにらみつける。どこからどう見ても映画関係者ではない。試写を観るのでないのなら、この男はなぜつぎのエレベーターを待てなかったのか？　いったいなにをそんなに急いでいるのか？

不穏な空気をのせてエレベーターが上昇する。

こういう場合、ギャング映画なんかだと、つぎにドアが開いたとき、観客が目にするのは眉間《みけん》に一発撃ちこまれたわたしの死体だ。

男が四階で降り、閉まるドア越しにわたしを一瞥《いちべつ》したときだった。それがあの人殺しのウディ・アレンだと気づいたのは。数日前に屋上で、梅津となにやら怪しい動きを見せていた男。床屋と仲直りをしたのだろう、髪を切ってすっかり見違えていた。

四階にあるのは中国人ショーパブのはず。ということは、あの男は中国人だ。こんな早い時間に店に入れるのは関係者だけだろう。あのいきあたりばったりのファッションセンスもそれで説明がつく。

問題は梅津が中国人となにをこそこそやっていたのかということだが、試写室に着いたとたん、すべてがひとつにつながる。

いつになく受付に人だかりができており、花谷環が金属探知機をふりまわして関係者の身体検査をしていた。

こういうことは、ままある。とくにハリウッドの大作の試写会のときには。ケータイを取り上げられることだってある。

親愛なる読者諸氏は映画がはじまるまえの、あの「NO MORE 映画泥棒」という盗撮防止を呼びかける劇場広告をご覧になったことがあるかと思う。頭部がビデオカメラになった背広の男が体をくねくねさせていると、サーチライトがパッとあたって御用になるという例のやつだ。

「あーたね、こんな単館系の作品を盗み撮りする人がいると思ってらっしゃるの？」三列目右端にしかすわらないおばさんが気取った物腰で関係者全員の声を代弁する。「あたくし、この試写室には二十年以上も通ってますのよ。ここのオーナーとも懇意にしておりますの。それでもあたくしにバッグを開いて見せろとおっしゃるの、あーた」

ハナちゃんは窓辺で煙草を吸っている百合子伯母さんにたすけを求め、社長の百合子伯母さんは目だけで「やるのよ」と命じ、ついでに顎《あご》でわたしのことを呼びつける。

このちっぽけな試写室がこれほどものものしい空気に包まれるのは、わたしの知るかぎり、はじめてのことだ。

当年とって五十三歳の百合子伯母さんは、胸の谷間がばっちり見えるシャネルのスーツを身にまとい、魔女のような爪《つめ》をのばしたその指には、スティーヴン・セガールから贈られたと言われているダイヤモンドの指輪が光っている。煙管《キセル》のように長いシガレットホルダーをくゆらせているが、ほかにこんなシガレットホルダーを使うのは『ティファニーで朝食を』のオードリー・ヘップバーンとピンクパンサーだけだ。

「あんた、うちの花谷にちょっかい出したって？」

のっけから予想外の展開にわたしはたじろぎ、あ、いや、ちょっかいを出したっていうか、ただいっしょに食事をしただけで、そんなぜんぜんあれじゃないし、としどろもどろになる。

「あたし、いつもあんたになんて言いよう？」百合子伯母さんは鼻から盛大に煙を吐き流し、「女ばおもちゃにしたら許さんけんね」

わたしは恭順の意を示しまくる。むかし二股《ふたまた》をかけて、この伯母さんに往復ビンタを二十発張られたときのことが脳裏をよぎる。ニコラス・ケイジの頭にまだ髪の毛がたっぷりあったころ、そう、わたしが幼稚園のころの話だ。

「な、なんかあったと？」と、死に物狂いで話をそらす。「百合子ちゃんが試写室に来るとかめずらしいやん」

「いやあ、浅井《あさい》社長！」百合子伯母さんのかわりに声を張りあげたのは、どこからともなく降って湧いた映写技師のじいさんだ。「相変わらずお美しい！」

百合子伯母さんはまるで女王のように平然とうなずきかける。

「高柳《たかやなぎ》さん、アマゾネスの宣伝作品が何本も中国のサイトにアップされたんですって！」先ほどからこちらを憎々しげににらみつけていた三列目右端のおばさんが、まるで春風のように映写技師にまとわりつく。「それで今日から身体検査をするなんておっしゃってるんだけど、あたくしたちがそんなことをするわけがないじゃないの。ねぇえ、あーたもそう思うでしょ？　第一、日本から流出したとはかぎらないじゃ……**あーれー！**」

じいさんは三列目右端のおばさんを突き飛ばし、きりきり舞いする彼女にむかって舌打ちをする。それから喜色満面で百合子伯母さんの手を取る。

「連絡をいただけたらお茶くらい用意したのに」ぎらぎらの老眼はもちろん伯母の胸元に釘付けだ。「むさ苦しいところですばってん、もっとちょくちょく試写室に遊びに来てくださいよ！」

老映写技師は豪快に笑い、人間扱いしてもらえなかった三列目右端のおばさんは口をぱくぱくさせる。

「ご無沙汰しております、高柳さん」百合子伯母さんは優雅に年寄りの手をふりほどき、「映写室のほうからも気をつけていただけますか？」

「不肖、この高柳剣志郎《けんしろう》、浅井社長のためならたとえ火のなか水のなかですよ！」薄っぺらな胸をドンッとたたき、激しくむせる。「一度、打ち合わせをしたほうがいいかもしれんですなあ。どうですか、今夜あたり軽く一杯？」

百合子伯母さんが曖昧《あいまい》に微笑むと、老骨はいまにも汽笛をポッポーと鳴らして走りだしそうな気配を見せる。

わたしはこのじいさんが百合子伯母さんをネタに映写室でしこしこやっている画《え》を頭からふり払い、

「貸し出したＤＶＤには識別番号がふってあるやろ？」

試写に来られない方のために、ＤＶＤを用意してくれる宣伝会社もある。そうした貸し出し用のＤＶＤには、万一流出したときのために識別番号が焼きつけられているのだ。

「あんなのただの気休めよ、いくらでも消せるっちゃけん」百合子伯母さんは首をふり、「それより、あんた、このあと暇やろ？」

「いや、暇っていうか……」

「恭子が夕方の飛行機で帰ってくるけん迎えに行ってやって」

「え？」恭子は百合子伯母さんのひとり娘で、いまは東京でファッション誌の専属モデルをやっている。「あっ、じつは裕樹の入学祝いを買いに行こうかと」

見た目は清楚だが、忘れもしない。そのむかし、インディ・ジョーンズばりにわたしの部屋を探索し、隠しておいたエロ本を掘り出してきて晒《さら》し者にしてくれた悪魔のような女だ。あった！　あった！　ぜったいあるって思ったっちゃん！

「あいつももう子どもじゃないっちゃけん」無駄と知りつつ、ささやかな抵抗を試みる。

「それに今日は火曜日やけんブログの更新とかいろいろ――」

「ようするになんもないっちゃろ」

「――ですよねえ」

百合子伯母さんはさっさと娘に電話をかけ、わたしが空港へ迎えに行くことを告げる。うちの叔母たちはけっして口を割らないが、恭子は某大物俳優の隠し子らしい。この大物俳優からの援助で、百合子伯母さんはささやかな映画宣伝会社を立ち上げることができたのだ。あんなに曾祖母のことをボロクソ言っていたのに、浅井四姉妹のなかで真っ先に曾祖母キヱの衣鉢《いはつ》を継いだのは、ほかならぬ百合子伯母さんだということになる。


屋上に梅津の姿はなかった。

飲みかけのワイングラスに、鳩の白い糞がかかっている。

試写のあいだじゅう、梅津と中国人と盗まれた映画たちのことが頭のなかで吹き荒れていた。

それが中国人に対する偏見だということは重々わかっている。梅津はほんとうにウディ・アレンから Perfume のＣＤを借りていただけなのかもしれない（そのＣＤ自体が海賊版かもしれないけど）。しかし、もしわたしの勘があたっているとしたら、映画の仕事に携わる者として断じて見逃すわけにはいかない。

言語道断だ。

ここはきちんと真相を究明して、面白おかしくブログにアップするなり、ツイッターでつぶやくなり、いつか中国の海賊版についてコメントを求められたときに備えておくのが正解だろう。

眼下の那珂川を清掃ボートがのぼっていく。測量士たちがピカデリー・ビルを指さして、なにやら言い合っている。議論に白熱し、ついに掴み合いの喧嘩にまで発展する。

ゆるゆると花びらを降らせる桜のせいで、対岸は薄桃色に霞《かす》んでいた。

恭子を迎えに行ったあとでキングズ・アローに顔を出し、ビールがぬるくなるまで粘ってみたものの、春風が岩佐まち子を運んできてくれるという奇跡はやはり起こりそうにもない。

となりの女のケータイはじゃんじゃん鳴りっぱなしで、その女の馬鹿っぽい声が喧騒《けんそう》を縫って耳にとどく。

「もしもーし？」

「――――」

「ケイスケくん？」

「――――」

「え？　うそ。だれ？」

「――――」

「えぇえ、声がちがうやん」

「――――」

「マジでだれ？」

わたしは論理的かつ紳士的に岩佐まち子の本心を推し量っていたのだが、この女のせいで想いは千々に乱れ、気づかぬうちにどうすれば岩佐まち子をベッドにひっぱりこめるかということばかり考えていた。

「じゃあ、なんで公衆電話？」

「――――」

「だってぇ……ねえ、マジでほんとはだれって？」

「――――」

「じゃあ、うち、なにカップ？」

「――――」

「ケイスケくん！」

なんじゃそら！

件《くだん》の番組によれば、恋愛が持続するのは十八カ月から三年で、コミュニケーションの能力も恋を成就させるためには不可欠な要素となる。だから男は、あの手この手で女とコミュニケーションをとろうとする。分不相応なレストランへ連れていったり、分不相応なプレゼントをしたり、奴隷同然の状態に甘んじたり。しかし歯を食いしばってそこまでしても、「じゃあ、うち、なにカップ？」などという想像を絶する愚問に答えることでしか女には認識してもらえないのだ。

わたしのあからさまな視線に気づいた彼女がにっこり微笑んで会釈する。

ううむ、なかなかよさそうな娘じゃないか。それに、たしかに出来心を誘う体をしてやがる。女性としてこのような体に生まれついたら、わたしだっておつむの中身より見てくれに磨きをかけるだろう。そして、わたしのような男には思わせぶりな態度を取り、そのあとは洟《はな》もひっかけないだろう。

ああ、そうか、岩佐まち子もそういうことか。

4　仕事とは主人公そのものである

わたしは心のせまい人間ではない。

とはいえ、人目を気にするたちだということは認めなくてはならない。もちろん、そこにはわたしなりの基準がある。断じて全人類の目をいちいち気にするような小心者ではない。

たとえば、蕎麦を食べるとしよう。ふだんはズルズルと景気よくすするのに、そこに外国人——アジア系は除く——が入ってきたとたん、音をたてて食えなくなってしまう。それどころか、まわりで無頓着《むとんじやく》にズルズルやっているやつらを憎みだす。心のなかでこう叫んでしまう。日本で音をたてて麺類《めんるい》を食べるのはふつうのことなんです、だけど不愉快にさせてしまったのならごめんなさい！

日本人のこうした外国人コンプレックスの根源はいったいどこにあるのか？

戦争？

大きいと思う。ウィキペディアによれば、『トムとジェリー』の一作目『ニには上がある』がアメリカで公開されたのは一九四〇年。それを知ったとき、日本がアメリカに勝てなかった理由がすっと腑《ふ》に落ちたものだ。日本人が「欲しがりません勝つまでは」などと国を挙げて盛り上がっていたころ、アメリカ人は猫とネズミのアニメを見て大笑いしていたのだから。

体形？

それもある。狩猟民族の刹那的《せつなてき》な生き方は彼らの脚の長さにあらわれているし（素早く獲物を追いかけるため）、農耕民族の地に足のついた堅実な生き方は我々の脚の短さにあらわれている（のんびり稲を植えるため）。男女を問わず、昨今の美脚崇拝主義とでも呼ぶべき風潮が我々の劣等感に拍車をかけている。

英語が不如意だということ？　もちろんだ！　言いきってしまおう。これらを全部ひっくるめた日本人的コンプレックスの根源、わたしにとってそれは、そう、平林果歩だ。彼女がわたしを捨ててニューヨークを取ったとき、わたしのなかで外国人コンプレックスが一気に花開いた。

前置きが長くなったが、とどのつまりなにが言いたいのかと言うと、この日の試写にはちっとも身が入らなかったということ。

気も漫《そぞ》ろで、映画どころじゃない。

試写室にやってくるのは基本的に映画関係者だが、だからといってマナーがいいとはかぎらない。こざっぱりしたスーツの男たちは配給会社の営業マンで、上映中にケータイを鳴らすのは決まってこいつらだ（いつもケータイを鳴らすやつのなかに『涙《なだ》そうそう』を着メロにしているのがいて、そのせいでわたしはこの歌だけでなく、夏川りみも大嫌いになってしまった）。マナーモードにしているからといって罪一等減じてもらえるなんて思うなよ。屁とおなじで、音が出なければいいというものじゃない。上映中にメールをチェックするやつなんて数が多すぎて話にもならないが、ケータイの光がぼうっと目の端に映るたびに激しい殺意を覚える。

いつまでもレジ袋をガサガサやっているやつ、遅刻してきたくせに着席するなり爆睡するやつ、暑苦しいデブ——が、わたしの真うしろの白人はそのどれにもあてはまらない。彼は紳士で、ケータイを鳴らすでも、ポテトチップスをバリバリ食うでもない。ただ、みんなが笑わないところで笑うのだ。鼻にかかったような声で、へへへ、と。それがわたしの耳には、ああ、オレ、アメリカ人でよかったな、日本人にはこの言いまわしの妙はわかんないだろうな、と聞こえてしまう。

それだけでも充分気がそがれるのに、こいつめ、どう考えても笑うところじゃないのに無遠慮に笑いやがる。主人公が無言で歩いているだけのシーンでへへへ、過去を真剣に回想しているところでへへへ、犬が吠《ほ》えてもへへへ、ただの街角の風景なのにへへへ、なのだ。

そのたびに、こっちはとんでもない阿呆になったような気がしてしまう。岩佐まち子のことを思い出さずにはいられない。けっきょく我々日本人は、洋画を十全に理解することなどできやしないのではないか。

しかも、こいつのへへへに迎合し、媚びるように笑い声をあげる日本人のなんと多いことか！　ほら、また三列目右端から笑い声が。

なんなんだ、おまえらは？

ちょっとばかり英語がわかるからっていい気になるなよ！

おっと、こんなことを考えている場合じゃない。映画は終盤にさしかかっている。スクリーンには車のなかで号泣する主人公が映っている。映画に集中しろ。つくり手に敬意を払え。

へへへ。

ぼやぼやしてはいられない。わたしも笑わなくっちゃ！

自転車をジュンク堂のまえに停《と》めて電話をかけると、たちどころにつながる。

「おう、出戻り」いきりたつ小夜子にかまわず、わたしは送話口に言う。「裕樹を出せ」

妹はわたしのことを遠まわしに三度ロクデナシ呼ばわりしてから甥っ子を電話口に出す。

「杜夫おじちゃん？」うーん、なんてシブイ声なんだ。「どうしたと？」

まるで広島のヤクザに「なんなら、わりゃ」と恫喝《どうかつ》されているようだ。

「おう、裕樹、学校はどうや？」

「楽しいよ」

「そうか、よかったな。今日はなんして遊んだと？」

「えっとね、手遊び」

「………」

「もしもし？　おじちゃん？」

「すぐに友だちができるけんな」わたしは目頭をぬぐう。「なんかあったらおじちゃんに言えよ。まだお母さんはそばにおる？」

「うん」

「よし」スマホを持ちなおす。「じゃあ、いまからする質問に『ハイ』なら『うん』って言え。『イイエ』なら黙っとけ。わかったか？」

「うん」

「いまからゲーム屋に行く」

「え？　ほんと？」

「『うん』か黙っとくか、どっちかやけんな」

「あ、うん」

「まず3DSの色やけど、黒？」

「…………」

「白？」

「…………」

「青？」

「うん！」

「よしきた。つぎはソフトやけど、どれがいい？」

「…………」

「あっ、ここはふつうにしゃべっていいけん」

「ポケモン」

「わかった、いちばん新しいやつば買ってくるけんな」

「うん！」

「お母さんにかわって」

甥っ子の気配が離れ、妹の声がかえってくる。「ポケモンがどうしたと？」

「おまえの知ったこっちゃないったい」

「はあ？」

「男どうしの話に口出しすんな」わたしは九州男児の心意気を見せる。「それよか週末、裕樹ばあずかってやるけん連れてこい」


翌日はひさしぶりに試写がなかった。

明け方まで駄作に筆誅《ひっちゅう》を加え、不穏な書きこみ《カキコ》に刑罰をほのめかすレスをつけ、昼まえに起きてからは洗濯機を二回まわし、ＰＭ２・５に充分な警戒が必要な陽射しのなかに洗濯物を干す。

さて、試写がないとなると、これはもう今日一日なにをしたっていいわけだ。腕立て伏せをちょっとしてもいいし、音楽をガンガンかけて踊ったっていい。こんな気持ちのいい昼下がりなのだ、ツイッターでこの世の終わりまでつぶやくという手もある。

やってみたいことならある。料理だ。ずっとやってみたかった。そのための本や圧力鍋ならとっくに手に入れた。あまりにもまえに手に入れたものだから、圧力鍋は台所のどこか奥のほうにしまってあるし、料理本のほうはもう捨ててしまったかもしれない。

そこで本棚の整理でもしようという気を起こしたのがいけなかった。

映画のプレスリリースや資料をこれでもかと詰めこまれたわたしの本棚は、美しくも危うい均衡を保っていたので、一冊引きぬいただけで時限爆弾が炸裂《さくれつ》したかのように総崩れになってしまったのだった。

「ああ、くそ！」

部屋じゅうに飛び散ったリリースを見まわしてさんざん知恵を絞ったが、こうなってしまっては一念発起して大掃除にとりかかるか、このままゴミを増やしつづけて部屋をゴミ屋敷に改造してしまうか、ふたつにひとつだ。

わたしは頭にタオルを巻いて気合を入れ、ビースティ・ボーイズをかけて作業にとりかかった。

リリースを永久保存版と、当面必要なものと、部屋に飾っておきたいものと、そして地獄の業火に焼かせるものに選《よ》り分けていく。たまさか本棚の裏からその大学ノートを掘り出したとき、わたしは大音量のラップ・ミュージックに酔い痴《し》れ、黒人のブラザーになったつもりで今日という日を楽しみはじめていた。

「…………」

散乱したリリースの上にすわり、表紙の埃を払う。深呼吸をして胸の高鳴りを抑え、それから恐る恐るノートを開いた。

とたん、まるで金角銀角の瓢箪《ひょうたん》に吸いこまれる孫悟空《そんごくう》のように、わたしは文明の崩壊した終末世界へと吸いこまれていった。

わたしの手書き文字は紙面からはみ出し、血と泥のなかでのたくり、荒々しくうねり、腹の底からうなり、そして傍若無人に吼《ほ》えていた。世界を焼き尽くす炎と硫黄がページから噴き出し、わたしを舐めた。

それはわたしが大学のときに書きとめた、壮大なる物語の設計図だった。脚本のコンペで落選した完成版の、未熟で、ゆえに愚直で、ほとんど自爆を起こしかけている青写真。芽吹いたばかりのテーマは鋭利で、押し合い圧《へ》し合いしているアイデアは剣呑で、メモ書きのひとつひとつにいたるまで、一国一城の主《あるじ》のように威風堂々としていた。

ハリウッド・スタイルの三幕構成のセットアップ、つまり導入部は、核戦争で荒廃した近未来。人類は言葉を失い、共食いをしている。

第一幕では儀式《イニシエーション》に臨む主人公、ジャック・ブローリン（わたしのイメージではガイ・ピアースだ）の姿が描かれる。彼の村では人肉を食することが禁じられている。長老は若者たちに「言葉」をひとつ探してくるように告げる。言葉こそ人間の理性そのものだからだ。

第一幕の終わりには、セオリーどおり第一ターニングポイントがくる。ジャックの村で人肉を貪った者たちが処刑されるというおどろおどろしい場面だ。

上映時間の半分ほどを、つづく第二幕が占める。横倒しになったトラック、崩れ落ちた橋、寸断された道路、植物に侵食されたビル群——近代文明の残滓《ざんし》のなかを旅するジャックに、食人鬼と化した人間が襲いかかる。ジャックはそんな人間たちを斬り伏せ、ニムロッドという名の子どもをひとりたすける。これがミッドポイントだ。

隙あらば自分を食おうとするこの子どもを引き連れて、ジャックは荒野を流れつづける。旅だ。旅が未来永劫《みらいえいごう》にわたって魅力的なのは、旅がけっしてわたしたちにすり寄ってこないからだ。旅を求めるなら、こちらから出向くしかない。

そのあとにやってくる第二ターニングポイントでジャックは負傷するが、今度はニムロッドにたすけられる。ここはニムロッドに理性が芽生える感動的なシーンになるはずだ。

第三幕でジャックとニムロッドは新たな人間たちと出会う。「言葉」を持ち、理性もあるのに、それでも人を食うことを選んだ者たちのコミュニティにたどり着く。ジャックの自我が試練にさらされる。人を食うのは悪いことじゃないのか？　長老様の教えはなんだったんだ？　これからいったいなにを信じればいいのか？

クライマックスはそのコミュニティの壮絶なる食事風景だ。家畜として飼育された人間を、まるで収穫祭の料理のように楽しげにさばいていく人たちの笑顔、笑顔、笑顔。陽気な音楽に踊り狂い、酒を飲み、歌い、肉を食らう。

ジャックはその場をぬけ出し、歩きつづけ、やがて海に出る。砂丘で風に吹かれるジャックの横顔のアップ。ニムロッドがその手をそっと握る。背後から迫りくる食人鬼たちの不気味な影。静かな音楽が流れ（音楽監督はニック・ケイヴ）、スクリーンが暗転する。

これはノーベル賞作家ジョゼ・サラマーゴが書きそうな物語を、『ゾンビ』のジョージ・A・ロメロが撮ったような作品になるはずだ。けっきょくジャックは「言葉」を見つけられなかったのか？　観客は考えるだろう。そう、孤独や愛や死について。そこにこの物語の寓意《ぐうい》がある。

いったいこの物語のなにがいけなかったのか？

まだ時代がわたしに追いついていないとでもいうのか？

わたしは長いことノートをにらみつけたあげく、大掃除をほっぽり出し、近所のTSUTAYAまで自転車をすっ飛ばし、『マッドマックス』を全巻借りてくる。そして終末世界にどっぷり浸《つか》りながら、のんびりと休日の午後を過ごしたのだった。


夕方、キングズ・アローに呼び出される。

すこし遅れてやってきた藤丸弘はハッピーアワーの半額ビールを買おうとして、ポケットの小銭をぶちまけてしまう。それだけでも充分うんざりさせられるのに、コインをひろいあつめて体を起こしたとき、恥の上塗りにカウンターで後頭部を強打する。

ゴンッ！　というシャレにならない音が轟然《ごうぜん》と響き渡り、カウンターの酒瓶がいっせいにぴょんっと跳ねる。

この日の藤丸はレイジ・アゲインスト・ザ・マシーンの黒いパーカ——背中にチェ・ゲバラが描いてあるやつ——を着ていたので、頭を押さえてうずくまる我が友を見下ろし、いつものトム・ウェイツ気取りの白人が心底残念そうに「ゲバラもガッカリね」と日本語でつぶやく。

真の革命ならば人は勝利するか、死ぬか、ふたつにひとつだ。ああ、チェ、ありったけの革命的情熱をこめて、このかわいそうな男を抱きしめてやってくれ！

この藤丸弘についてはもう何度か言及したが、もし親愛なる読者諸氏がこの男のことを中途半端な知識にがんじがらめになっている、中途半端に弁の立つ、どちらかといえばイケてない中途半端なデブだと考えているのなら、それは完全に正しい。

大学二年の春、藤丸はひとりで東南アジアをぶらついてきた。旅は人間の原風景になりえる。それからの藤丸は、長い髪や薄汚いかっこうになにか深遠な意義があると思いこむ残念な人間になってしまった。旅先でなにがあったのかは知らないが、たぶんなにもなかったのだと思う。なにもないということは、場合によっては、なにかが起こった以上のトラウマになりえる。人が思想につけこまれるのは、そんなときなのだ。

「天皇制ってどう思う？」と、藪から棒に切り出してきたのだった。

「おまえ、頭、大丈夫や？」

たんこぶの具合を尋ねたつもりはさらさらないのだが、藤丸は後頭部を撫で、くさいにおいを嗅いだときみたいに顔をしかめ、それからギネスをグイッとやる。

「日本語学校でそんなことまで教えると？」

「中国からきた学生たちがうちの職員とラウンジで話しとった」

「天皇の戦争責任みたいなこと？」

「うん」

「南京大虐殺の人数もまだ一致を見とらんもんな」わたしはエールビールをすすり、慎重に言葉を運ぶ。「職員といえばさ、ほら、あの娘《こ》……名前、なんやったかいな、このまえ紹介してくれた娘」

「岩佐まち子？」

「そうそうそう、そんな名前やったね。あの娘もおったと？」

「うちの職員、おれとあの娘だけやけんね」

「ふぅん、そうなんや……で、なんか言っとった？」おれのことを、というひと言はどうにか呑みこむ。

「べつに」藤丸は肩をすくめ、グラスを口に運ぶ。「中国人といっしょになって天皇制を批判しとったかな。どう思う？」

「ようわからんけど」こいつの血のめぐりの悪さは豚並みだなと思いながら、「中国人が批判しとるんなら、天皇制はやっぱり日本には必要なんやないかなあ」

「そうやね」

「まあ、人間にはなんにせよ忠誠を誓える対象があったほうがいいと思うぜ。おなじものに忠誠を誓う人とは仲間になれるけんね。たとえばおれは野球なんかぜんぜん興味ないけど、べつにホークスが福岡にあるのは反対じゃないし。みんながいろんな仲間をつくったら、争い事も減るっちゃないかな」

「つまり、おまえは天皇になんかぜんぜん興味はないけど、べつに天皇はおってもいいってこと？」

「もし陛下が毎回試写室にやってきてポテチをバリバリ食ったり、ケータイ鳴らしたりしたら考えなおすけどね。おまえはちがうと？」

「いや、おれも賛成やね」

わたしたちはグラスを合わせ、ビールをあおる。

「でも、そうか、松田は野球に興味がないったいね」

「ちんたらスポーツ観戦しとる暇があったら、もっとほかにやることがあるやろ」

「そうやね」

わたしたちはビールを飲む。

「『インビクタス』は面白かったってどっかに書いとったよな？」

「あれはラグビー映画やん」

「でも、野球は興味ない？」

「ぜんぜん」

「そうか」

わたしたちはビールを飲む。

「なんや？」わたしは業を煮やして訊きかえす。「なんでそんなに野球のことばっかり訊くとや？　言っとくけど、なんも買わんけんな」

「来週ってもうゴールデンウィークやん」

「やけんなんや？」

「週末にホークスの試合を観に行くっちゃけど、急にひとり来れんくなったけん、おまえどうかなあって思って」

「え？　それって、だれと？」

「日本語学校の学生たちと」

「え？」思わずテーブルに身を乗り出してしまった。「それって、あの娘、名前なんやったっけなあ……」

「——岩佐まち子？」

「そうそうそう、岩佐さんも来ると？」

「学校の催しもんやけんね」

「おれもやっぱり行こうかな」

「え？」

「おれ、行くわ。何時に待ち合わせしよっか？」

「でも、野球に興味ないって……」

「ぜんぜんないよ！」わたしは誤解のないようにはっきり言ってやる。「おれは興味ないけど……でも、ほら、ドームで野球観たことないし……それに……あっ！　甥っ子がホークスのファンやん、そうそうそうそう！」

5　二度目の出会いは恋の予感が濃厚に漂うものである

この世界はほとんど無駄なものからできているが、野球も間違いなくそうしたもののひとつだ。

相手チームのピッチャーがホークス打線をきりきり舞いさせるたびに、ヤフオクドームが歓声と嘆息に包まれる。

わたしたちの席のすぐうしろでは、ほとんどトランス状態の男たちが大漁旗みたいな馬鹿でかい旗をふりまわしている。

選手の背番号や名前をデコレートしたお手製のボードを掲げている人もそこらじゅうにいる。ライトスタンドからは選手たちが豆粒程度にしか見えない。肉眼でかろうじて背番号が判読できる程度だ。選手たちが何万もの観衆のなかから自分を応援するそんなボードを見つけ出すには、マサイの戦士並みの視力が必要だろう。

それでもこの人たちは何日もまえから入念に準備したボードをふりかざし（なかにはわたしたた他人事《ひとごと》ながらその人の人生を心配せずにはいられないほど凝ったやつもある。わたしたちの二列まえの男はホークスにヒットが出るたびに、段ボールとぴかぴかのモールでこしらえたものすごくきれいな花火を打ち上げてくれる）、得意満面でチームへの忠誠心を遺憾なく見せつけている。ユニホームや野球帽や法被はあたりまえ。例のふたつに裂いたようなメガホンをほとんど全員が持っていて、応援団の太鼓に合わせて乱打している。

ドン！　ドン！　ドンドンドン！
ドン！　ドン！　ドンドンドン！

日本語学校の学生たちは周囲から受け入れられまくっている。博多《はかた》っ子は親切だ。まるで外国人たちがホークスを応援するためだけにわざわざ福岡にやってきたんだと言わんばかりに打ち解けている。応援団長みたいな人に旗をふらせてもらっているやつもいる。これはいい思い出になることだろう。彼らのなかには、七月になったら白い尻にキリッと締め込みを締め、博多祇園山笠《ぎおんやまかさ》に出るやつだっているはずだ。

ホイッスルの音、乱舞する紙吹雪、トランペットをぶりぶり吹いているやつら――情熱と才能を兼ね備えていればいい選手になれるけど、情熱さえあれば才能なんかなくてもなれるものはちゃんとある。そう、応援団だ。

「ああ、やられた！」

その声に、ほんの一瞬だけわたしたちのまわりの喧騒がやむ。いったい何事だというせっぱつまった顔で、まえの列の二、三人が同時にふりかえる。

わたしはとなりにすわっている裕樹の手元をのぞきこむ。ニンテンドー3DSの画面でピカチュウが点滅している。

「くそっ、死んだ!」

よだれを垂らしながらゲーム機のボタンを連打する裕樹の声は、さながら高倉健が敵のヤクザにドスでえぐられたときのうめき声のよう。

「裕樹、野球観ようぜ」

が、甥っ子は新しくできた友だちとポケットモンスターについての専門的な意見を交換するのに忙しい。

「マクドナルドでダウンロードしたときは五レベやったけど、学習装置で育てたけん、おれのミュウはもう三十レベになったよ!」

「学習装置はどこでゲットできると?」と、こっちは3DS初心者の裕樹のほう。

「三十番道路におるポケモンじいさんと赤いウロコで交換できるよ!」

「じゃあ、赤いウロコはどこでゲットすると?」

「いかりの湖で赤いギャラドスを倒すか捕まえたらもらえるよ!」

通信機能を使って対戦中のふたりは、大歓声に負けじとほとんど怒鳴り合っている。

わたしは列の反対側に顔をむけ、むこう端で留学生たちと談笑している岩佐まち子を見やる。長い髪をざっくりと束ね、チェックのシャツの袖を無造作にまくり上げている。ぱっと見、ボーイッシュだが、ボーイッシュなかっこうほど男心をそそるものもあるまい。わたしに関して言えば、髪をふりほどいた彼女が「来て」と言いながら、上目遣いにシャツのボタンをひとつずつはずしてゆく図を頭からふり払えなかった。思わず裕樹の新しい友だちに声をかけてしまった。

「ねえ、聡《さとし》くんのお母さんって何歳?」

「はくさい!」聡が即座にそう答えると、裕樹もドヤ顔でつづく。「くさい!」

ふたりはのたうちまわって大笑いする。

思わぬきっかけが訪れたのは七回の裏。球場にホークスの応援歌が勇ましく流れ、わたしたちのいる一塁側がにわかに色めき立つ。

だれもがいそいそとあの細長い風船をふくらませ、応援歌が終わると同時にいっせいに飛ばす。ぴゅーっとまるで精子の如く空中に放たれた風船を、裕樹と聡が目の色を変えて捕まえては口に持っていく。

「いかん、裕樹!」

「だめ、聡!」

わたしと岩佐まち子は同時に子どもたちに飛びつき、首根っこを押さえつけ、その手から風船をもぎとる。

ひらきなおる。

「そうぜ、裕樹、美人の唾がついとうとはかぎらんっちゃけんな！」

岩佐まち子が顔をしかめ、わたしは自分の浅はかさにいたたまれなくなり、恥じ入り、

「汚いでしょ、聡！」

「シャーリーズ・セロンの風船ならいいけど、そうじゃないっつぇ！」

彼女は朗らかに笑いながら、首をふりふり、自分の席へと戻っていく。

試合は二対一でホークスが勝ったけれど、どうでもいいといえば、これほどどうでもいいこともない。

藤丸弘は留学生たちとキングズ・アローへ行くと言いだし、「裕樹がいるから」とわたしが誘いを断ると、岩佐まち子も今日はやめておくと辞退する。

ヤフオクドームからあふれ出した人の波に押されながら、わたしたちは肩をならべて地下鉄の駅を目指して歩く。

「ありがとう、松田さん。今日はずっと聡の面倒を見てもらっちゃって」

「いや、こちらこそ裕樹に新しい友だちができてよかったよ」

「びっくりしたでしょ？」

「若く見えるけん。結婚しとうって思わんかった」

「松田さんは藤丸さんと同級生なんやろ？」

「うん」

「じゃあ、あたしのほうがふたつ年上やね」

すこしまえを行く裕樹は、聡から「すれちがい伝説」についての専門知識を熱く授かっているところだ。

「まただれか来たよ！」

「よし、ここでゴーストを倒したらマリオの帽子がもらえるばい！」

わたしは甥っ子と研究に研究を重ねたのでよく知っているのだが、ニンテンドー３ＤＳには「すれちがいＭｉｉ《ミー》広場」というゲームがはじめから内蔵されている。「Ｍｉｉ」という自分のアバターをつくれば、３ＤＳを持っている者とすれちがっただけで、おたがいの「Ｍｉｉ」が勝手に相手のゲームに入りこんでいって、いっしょに化け物退治ができちゃうのだ。

「旦那さんは？」

「聡が三歳のころに別れた」

「そうなんだ、ふぅん」それはほんとうに大変だなあと内心思いながら、わたしはそんなのはよくあることで、ぜんぜん大騒ぎするようなことじゃないというふうを装う。

「裕樹のほうもそうやんね」

「松田さんも奥さんと？」

「いやいや、裕樹は妹の子」

「そうなんだ」心なしか、彼女がホッとしたように見える。「でも、松田さんと裕樹くんってとても仲良しみたい」

「おれがずっと幼稚園の送り迎えをしとったけんね。映画の仕事をはじめるまで、かなり長いことぶらぶらしとったし、妹は離婚したばかりやったけん。じゃあ、いまはご実家？」

「父はもともとあたしが海外に行くのに反対やったっちゃけど、けっきょく甘えさせてもらっとう」

　裕樹と聡が道端に落ちている犬の糞を見て狂喜乱舞する。それを機に、会話の端々に「うんこ」という単語が混ざりだす。あれ、なに？　うんこ！　食べ物でなにが好き？　うんこ！　裕樹がドスの利いた声で「うんこ」と叫ぶたびに、決まってまわりのだれかがドッキリしたり、地面をきょろきょろ見たり、靴底を確認したりする。

「妹さんは、どうして？」

「なんでかな……」

　小夜子のセックス嫌いが離婚の原因なのは火を見るより明らかなのだが、さりとてほとんど初対面の女性にその単語を口にするのはさすがにためらわれる。で、無難に「性格の不一致」と答えたわけなのだが、嘘《うそ》もつきたくない。そこで「性格」の「格」をきわめて早口に、曖昧に発音して、真相を伝える努力をする。そのせいで「性格の不一致」が「センドフィッチ」とアメリカ英語みたくなってしまう。

「え？　なに？」

岩佐まち子は髪を耳の上にかき上げて訊きかえし、わたしは咳払《せきばら》いをする。きれいなピアスがふたつ、彼女の可愛らしい耳を飾っている。

「旦那さんはニュージーランドの方？」

「むこうで知り合った日本人」

「へぇえ、そうなんだ」

「サーフィンをやって絵を描いとうような人で、あたしのまわりにはそんな人おらんかったけん、ただそれだけでもう才能のある人なんだって思いこんじゃってね」

「旦那さんはいまもむこうに？」

「元旦那ね」と、悪戯っぽくわたしの言い間違いを正しながら、「さあ、どこにいるんだか。あたしみたいな馬鹿な女をひっかけて楽しくやりよっちゃないかな」

「浮気とかされたと？」

「しょっちゅうやったよ」

「連絡とかは？」

首をふる岩佐まち子の存在がすうっと遠ざかる。そんな気がした。男と女は別れてからもなにかと有為転変があるのだ。

「まあ、才能のある人といっしょにおるのがいつも楽しいとはかぎらんよ。村上春樹《むらかみはるき》には才能があるけど、いっしょに飲もうとは思わんもん。とくにこっちに才能がない場合にはね……あっ、いまのはべつに岩佐さんのことを言っとうわけやなくて——おれが言いたいのは、人間は自分ひとりの力で成長しようとせんかぎり、ぜったいに成長なんかできんってことかな」

彼女が笑う。ガラスのような膜を一枚隔てたむこう側で。ああ、彼女はちゃんと気づいているのだ。いくら素晴らしい男に抱かれても、それで女の価値がすこしでも上がるわけではないことに。昨日今日知り合ったばかりのわたしなんぞが、えらそうに講釈を垂れる必要はなかったのだ。

「松田さんは才能あるやん」

「才能があったらこんなところにおらんよ」

「そうかな」

「才能のあるやつはニューヨークや東京におる」わたしは言った。「けっきょく、おれたちにはこの街がお似合いなんやろうね」

6　受け身ばかりではいけない、三度目の出会いは自力で手繰り寄せろ

わたしはスマホに打ちこむ。〈裕樹は？〉

十五分後に返事がくる。〈昨日から真璃絵ちゃんのところに泊まっとうよ〉

〈え？　なんでおれに言わんとや？〉

〈なんで言わないかんと？〉

〈はあ？　真璃絵ちゃんと遊ぶときはおれも誘えよ！〉

〈真璃絵ちゃんのところへ行くんやったら、四時ごろ実家《うち》においでって言っとってね〉

わたしは長考の末、〈お客さんをひとり連れていくかもしれんけんな〉

すると既読になったまま、いつまでも返事がこない。わたしは妹相手の LINE を切り上げ、取るものも取りあえず出かける。

部屋のドアを引き開けたとたん、わたしは異常を察知する。

玄関先に脱ぎ散らかしたスニーカー、山と積まれたゴミ袋、壁に開いた穴、リビング

につづく廊下には服や下着が点々と落ちている。わたしはあわてて部屋に踏みこむ。「なんで部屋がこんなに片づいとうと？」

「どうしたと、真璃絵ちゃん？」

その真璃絵叔母さんはといえば、ソファにふんぞりかえり、スウェットパンツの上はスポーツブラだけというイカすかっこうで裕樹に腋毛《わきげ》を抜かせている。

「おっつー」と煙草をはさんだ手を持ち上げ、「あんた、今度はバツイチのコブつきにちょっかいば出しようって？」

真璃絵叔母さんの体に蟬《せみ》のようにへばりつき、毛抜きで腋毛をピンピン抜いている裕樹をわたしはにらみつける。

「ぼく、なんも言っとらんよ」その低い声はまるで取調室の犯人が「おれじゃやねえ」とほくそ笑んでいるようだ。「お母さんに聡くんのことを話しただけやし」

「おい、裕樹」わたしは床に散乱した服やバッグを蹴散《けち》らし、甥っ子の首根っこをつまみ上げる。「また聡くんと遊びたいやろ？」

「いや、べつに……」

「よし」甥っ子を放り出し、岩佐まち子に電話をかける（野球観戦の日に番号を交換したのだ）。「あっ、もしもし、松田です」

「――」

「いやいや、こちらこそ」

「――」

「いや、裕樹がさ、また聡くんと遊びたいってうるさいっちゃん」顔を見合わせる真璃絵叔母さんと裕樹を視界から締め出し、「で、今日って暇？」

「――」

「うちの親父《おやじ》がさ、趣味でサラミとかプロシュートとかつくりよっちゃけど……そうそうそう、イベリコとかハモン・セラーノみたいなやつ。で、毎年ゴールデンウィークにみんなで食べに行くったいね。もしよかったらどうかなって思って」

「――」

「いやいやいや、ぜんぜん！　にぎやかなのが大好きな親やけん。ご近所さんも呼ぶし、マジで**ぜんぜんぜんぜん**」

「――」

「よかった！」

「――」

「じゃあ、三時に姪浜《めいのはま》の駅前にしよっか」

「――」

「うん、じゃあ、またあとで」通話を切りあげ、氷のように冷たい真璃絵叔母さんの視線を迎え撃つ。「そんなわけやけん、ちょっと姪浜に寄ってくれる?」

「いつも言いよろ?」真璃絵叔母さんは口を凶暴にゆがめ、「そのへんのビッチに時間をかけんな。ちゃっちゃっと連れこんでヤッてしまえばいいったい」

「ヤルとか、そんなんじゃないし」

「あんたねえ……」と、哀れみたっぷりに煙草の煙を吹き流す。「セックスはインスピレーションよ。初対面でおたがいにビビッとこんやったら、ぜったいにいいセックスはできんっちゃけん」

「せっくすってなん? ねえ、なん?」

わたしはうるさくまとわりついてくる裕樹の頭をひっぱたき、真璃絵叔母さんはセックスの本質を子どもにもわかる言葉で教えてやる。

「かけっこのピストルみたいなもんたい。ふたりの人間がこれからおたがいのことを好きになりますよという合図みたいなもんやね」

「じゃあ、ぼくが聡くんを好きになったら、ぼくも聡くんとせっくすすると?」

「いや、それはちがうぞ、裕樹……」

「そうやね」真璃絵叔母さんはわたしを突き飛ばし、「ほんとに好きになったら自然にそうなるとよ」

「ふぅん」

その同性愛的な教育方針はおおいに疑問だが、しかし、これが真璃絵叔母さんなのだ。ぜったいに子どもを子ども扱いしない。

わたしがはじめて真璃絵叔母さんのスクーターを運転させてもらったのは小学五年生のときで、夜な夜なふたり乗りでそこらじゅうを走りまわったものだ。チャルメラ屋台を追いかけて裏道を爆走したり、酔っぱらった叔母さんをブンブン迎えに行ったりした。男に殴られて行方不明になった真璃絵叔母さんのカノジョをふたりで捜しまわったこともある。そのカノジョが結婚したときには、ふたりで一晩中あてもなく走りまわった。

真璃絵叔母さんとのこうした思い出は、もちろん従妹たちにもある。

元暴走族の希美は小学生のときにひどいいじめを受けていたのだが、母親の奈津子叔母さんをさしおいて学校にねじこみ、いじめっ子の家族とすったもんだを起こしたのは真璃絵叔母さんだった。いまでこそモデルなんてスカしたことをやっている恭子が中絶したとき、百合子伯母さんから恭子を守りぬき、最後まで面倒を見たのも真璃絵叔母さんだ。のみならず、恭子のプロフィールをファッション誌に送りつけ、今日の恭子を築いてやった。

裕樹もすっかり懐いている。

部屋は散らかし放題だし、夜更かしだってし放題、ゴミ捨て放題にお菓子食べ放題、早く死ぬために一日に煙草を三箱も吸う——こんな大人を嫌いになれる子どもなんているのだろうか？

真璃絵叔母さんは、そう、いまもむかしも子どもたちの王様なのだ。

建築士だった父は引退後、糸島《いとしま》の海を見晴らせる地所を買い、自分で設計したスペイン風の家を建てた。口数はすくなく、自分が飼っている九官鳥ほども子どもたちに声をかけてくれない人だった。

玄界灘《げんかいなだ》に夕陽が照り映え、初夏のさわやかな風が芝を渡ってゆく。

庭に運び出された大きなテーブルには父入魂のプロシュートが堂々と横たわり、それを母がスライスしてご近所さんにふるまっている。生ハムのほかにも手作りのサラミ、母のつくったパエリア、オリーブオイルのドレッシングがたっぷりかかったサラダ、ご近所さんが差し入れてくれたおにぎりや糸島の海の幸がところせましとならんでいる。

「んー、めちゃくちゃ美味《お い》しい」岩佐まち子がそう言うのはこれで三度目だ。紙皿に生ハムとバゲット、紙コップにはワイン。「こんなに本格的とは思わんかった」

「イタリアの生ハム工房に見学まで行っとうけんね」

「それに素敵なお宅」

「この家を建てるとき、わざわざ半地下に生ハムの部屋をつくったとよ――あっ、ちょっとごめん」

希美の軽自動車が私道に入ってくるのを認めたわたしは、岩佐まち子に紙皿をあずけて馳《は》せ参じる。

「杜夫兄ちゃん」車を降りた希美は恭子を見つけてさっそく喧嘩腰になる。「あの女が帰って来とうと？」

「恭子にからむなよ」砲弾のように飛び出してきたチビたちに抱きつかれ、危うくころびそうになる。「小夜子が台所におるけん手伝ってこい」

「あいつにも言えよ。いつもなんもせんやん」

「それはやね、恭子はモデルでおまえはただの専業主婦やけんたい」

「ケッ」

わたしは両手に双子の亜美《あみ》と紅美《くみ》を抱き上げる。わたしの腕は二本なので、千紘を抱いてやることはできない。そこで千紘はわたしの腰にぶら下がる。

「奈津子ちゃん、奈津子ちゃん」その状態で、助手席から降りてきた奈津子叔母さんのところへロボットのように歩いていく。「太ったね」

奈津子叔母さんは彼方《かなた》の母に手をふりながら、「人生、悲しいことばかりよ」

これはつまり、また男と別れたということだ。奈津子叔母さんは情の深い女で、どれくらい深いかと言うと、男がいるときといないときでは体重が最大で二十キロほどもちがう。

「今日は知り合いの女性を連れて来とうっちゃん」わたしは懇願する。「ぜったいにこのまえみたいに下の毛の永久脱毛の話やらせんでよ」

「どれ？」奈津子叔母さんはわたしの指さす先を目で追い、鼻で笑い飛ばす。「へぇえ、あれ？　メリハリのない娘やねえ」

「たのむけん、そんなこと言わんでよ」

「外人とか好きそうな女じゃね？」と、希美のやつが余計な口をはさむ。

遠目には、水色のカーディガンを羽織った岩佐まち子は外国人かぶれのビッチには見えない。それどころか薄化粧で、質素で、堅実で、ドン・キホーテで買い物をしてそうに見える。ああ、女たちにはわかるのだ。そうじゃなければ、ただたんにほかの女にケチをつけずにはいられないのかもしれない。

「とにかく、たのんだけんね」

わたしはチビたちをふり飛ばし、夕陽を受けて所在なくたたずんでいる岩佐まち子のもとへ駆けていく。かけっこと勘違いしたチビたちが金切り声をあげて追いかけてきたが、途中で裕樹を発見し、一目散にいじめに飛んでいく。

「松田さんのご親戚《しんせき》ってきれいな方ばかりやね」

「いま来たのが奈津子叔母さんとその娘の希美」それから裕樹に襲いかかるチビたちを指さす。「チビたちは希美の子ども。希美の妹に亜矢子ってのがおるけど、長崎のテレビ局でリポーターをしよる」

「叔母さんって何人おると？」

「三人」彼女から紙コップを受け取り、ワインで喉を湿らせる。「今日は来とらんけど……ほら、あそこに背の高いのがおるやろ？」

「あの人、めちゃくちゃきれい」

「東京でモデルをやっとうっちゃけど、あいつのお母さんが長女の百合子伯母さん。小さな映画宣伝会社の社長をしとる。おれが映画の仕事をさせてもらっとうのも、もとはといえば百合子伯母さんの紹介やん。で、生ハムを切り分けとうのが……」

「お母様やろ？　さっきちょっと挨拶した」

「お袋は次女で、子どもをおいて親父とずっと外国で暮らしとったけん、おれと妹は叔母さんたちに育てられたようなもんやね。で、今日車に乗せてもらったのが三女の真璃絵叔母さん」

「あの叔母さん、超かっこいいよね」

「むかしミス・ユニバース日本代表の最終選考までいったっちゃけど、ナンパしてきた審査員をぶん殴ってダメになったことがあるとよ。ガキのころはよく腋毛を抜かされたなあ」魚のように目を丸くした彼女を、こちらへ近づいてくる奈津子叔母さんへと導く。

「で、これが四女の奈津子叔母さん」

「こんにちは」奈津子叔母さんが先制した。「うちの杜夫がいつもお世話になってます」

岩佐まち子はまず叔母さんの妖粧に気圧《けお》され（クレオパトラのうちわのような睫毛《まつげ》エクステ、黒々と刺青をしたアイライン、こってり塗られた口紅）、つぎに叔母さんの胸にたじろぎ（マジンガーZに出てくるあの女ロボットを彷彿《ほうふつ》させるミサイルのようなおっぱい）、さらに叔母さんがつけている装飾品に目を見張り（死亡したふたりの旦那さんの保険金で購入）、なにより叔母さんが発している尋常ならざるライバル心にうろたえまくる（ケンシロウのオーラ）。それでもどうにか名乗りを上げ、頭を深々と下げたのだった。

「まあ、素敵なお召しものねえ！　いまの季節、そういう淡い色のカーディガンがいいわよねえ」

「あ、ありがとうございます」

「H&M？」

「え？　あ、いえ……これは……」

彼女を頭のてっぺんから爪の先まで値踏みした奈津子叔母さんは、若さ以外のすべての面において自分が優位に立っているとひとり合点したようだ。

「この子、内気でしょう？」ときた。「あたしが母親がわりに育てたようなもんですけど、小さいときからやさしい子でねえ、捨て犬とか捨て猫を見るとほっとけなくて、いっつも連れ帰ってきてたんですよ」

人を食ってきたばかりのような真っ赤な口で笑う奈津子叔母さんは、その捨て犬や捨て猫たちを保健所に引き取らせていたのが自分だと打ち明けるつもりはさらさらないみたいだ。

「失礼ですけど、杜夫とはどういったご関係？」

岩佐まち子の目が泳ぐ。

「友だちたい」背筋を悪寒が走り、わたしは奈津子叔母さんの両肩を摑んでまわれ右をさせる。「ほら、もういいやろ。あっちでお袋が呼びようけん……」

「なん、あんた？」叔母さんはわたしを邪険になぎ払い、「あんたがだらしないけん、あたしが見てやりよっちゃろ。なんべん失敗したら学習すると？　カノジョにするんならもっと胸のある娘にせんね」

「な、なん言いようと⁉」卒倒しそうになるのをどうにかこらえる。「し、失礼やろ……それにカノジョとかやないし」

「あら、ごめんなさいねえ」叔母さんは岩佐まち子に特大の笑顔をむけ、わざとらしく胸をゆする。「この子はずうっとあたしのおっぱいを吸っとったけん、これくらいないと満足せんみたい。ほら、男と女ってやっぱり胃袋とベッドでしょう？　いままで付き合った娘たちも、けっきょくそれが原因でダメになったみたいで」

「あんただ！　あんたのせいでダメになったったい！」

「ほらね、やっぱりあたしのせいなんです」と、わたしの言葉を見事に曲解する奈津子叔母さん。「このまえも仕事関係の女の子をフッたみたいですけどね、この子はやさしいけんなにも言わんけど、やっぱり物足りなかったんでしょうねえ――まち子さんは何カップ？」

「あれはおれがフラれたとよ！　おれがそんなにモテるわけないやん！」動揺が激しすぎてついつい卑屈なことを叫んでしまう。「それに物足りんって……触ってもおらんわ！」

岩佐まち子がうわずった声で笑う。

この叔母さんが情の深い女だということは前述したが、わたしが生まれたとき、花の十七歳だった奈津子叔母さんの乳腺《にゅうせん》がどういうわけかいっせいに開き、母乳をとめどなくあふれさせた。胸の形が崩れるから粉ミルクで子育てすると言って聞かない母にかわって、わたしにおっぱいをくれていたのが奈津子叔母さんだということを急いでつけ加えておきたい。

「だ、だいたい、お、お、おっぱいを吸っとったって」わたしは頭をかきむしる。「な、なんでそんなこと言うと？　ぜんぜんちがうやん！　人が聞いたら……」

「吸っとったやん」叔母さんは一笑に付す。「あんたのせいで乳首がカントリーマアムみたいになったたっちゃけんね」

これは百合子伯母さんや母や真璃絵叔母さんが口をそろえて言っていたのだが、男狂いの奈津子叔母さんが男なしでいられたのは、初潮を迎えるまえをべつにすれば、わたしに授乳していた一年半のあいだだけだったそうだ。あのころは、あんたが奈津子の男やったたっちゃろうねえ。


もはやこれまでと観念したのだが、失地回復にはさほど時間を要さなかった。

岩佐まち子はわたしのしどろもどろの弁解に辛抱強く耳を傾け、そのあとは「三つ子の魂百まで」とかなんとか言いつのる奈津子叔母さんの存在も含めて、今日という日を楽しんでいるみたいだった。

「松田さんはお父さん似やね」そう言って、話をそらすという気遣いまで見せてくれた。

「素敵なご家族。でも、なるほどなあ」

「え、なにが？」

「松田さんって……」千紘の髪をひっぱる聡をどやしつけてから話を継ぐ。「なんて言うか、こういう環境でのびのび育ったんだなって」

「だとしたら叔母さんたちに踏まれすぎてのびてしまったたっちゃないかな」

「はじめて会ったときはなんか感じの悪いやつだなって思った。あとから藤丸さんに、松田さんは大学のときからずっと映画の脚本を書きようって聞いた。それで松田さんを感じが悪いって思ったのは、たぶん、あたし自身のコンプレックスのせいなんだなって」

「コンプレックス？」

「まっすぐで揺るぎない人ってものすごく好きになるか、ものすごく嫌いになるかじゃない？」

ふむ、まっすぐで揺るぎない叔母たちを鑑《かんが》みても、彼女の言わんとすることはわからんでもない。

「たぶん、それは自分がいつまでもふらふらしとうけんやん。あたしってなにもないけん」

しかし外国人に媚びる術《すべ》は知っているじゃないか、とは言わなかった。

「海外に出たらなにか見つかるような気がしとったっちゃけどね」小さな溜息《ためいき》をひとつ。

「自分じゃないふりをするのはもう疲れたな」

会話が途切れ、わたしたちはワインに逃げたり、潮風に目を細めたりした。取っ組み合いをしている子どもたちをだしにして浮上を図る。こら、聡、お兄ちゃんなんやけん、女の子いじめたらいかんよ。こら、裕樹、なんべん言ったらわかるとや、ジャブを打つときは脇を締めろ。

「おれからしたら岩佐さんのほうが揺るぎない感じがしたな」

「あたしが？」

「堂々としとって、人生を楽しんどって」

「ほんとはそんなことないっちゃけどね」

「格闘技とかやっとった？」

「兄がひとりおって、その影響で空手を少々」

「コンプレックスならおれもシャレにならんくらいあるよ。みんなそうじゃない？　目をそむけずに乗り越えたいけど、なかなかね」

「うん」彼女はこくんとうなずき、「そうやね」

「試写室にさ、ときどきすげえ汗くさいデブが来るとよ。そいつのそばにはすわらんようにしとうっちゃけど、このまえ映画がはじまってから入ってきて、しれーっとおれのとなりにすわりやがったっちゃん」

　彼女の瞳が期待に輝きだす。

「そしたら、ぜんぜんくさくないと！　むしろ柔軟剤の、ほら、ダウニー？　いいにおいをぷうんっとさせとったい。滝のような汗をかいとうのによ」

　顔がほころぶ。

「汗くさいデブもいややけど、いいにおいのするデブもなんだかなあ。だって汚らしさは変わらんのに、においだけいいっちゃもん」

　大きな笑みが広がっていく。

「いいにおいのするうんこみたいでマジでたまらんかったよ。でもいいにおいなのは間違いないけん、ついつい嗅いでしまうったい、これが」

　ついに岩佐まち子が吹き出し、涼しい声をたてて笑った。

「問題はにおいやなくて体重やん」わたしは言った。「まあ、そういうことよ。みんななにかから目をそむけて自分を守っとうっちゃけん」

　彼女は笑った。とても素敵な声で。

「それに自分じゃないふりをするのも悪いことやないよ。そうやって人間ってちょっとずつましになっていくのかもしれんし」

　その屈託のない笑い声が、わたしと彼女を隔てていたガラスのような膜を雲散霧消させた。腹を抱え、わたしの肩に手をかける岩佐まち子。やがて金属をひっかくような音が混ざりだすと、みんながいったい何事かとこちらをうかがった。

「大丈夫、岩佐さん？」

　片手を挙げて応《こた》えつつも、岩佐まち子は首を絞められた鶏のように笑いこけ、膝から崩れ落ちる。こんなふうに笑う人間は見たことがない。だれかが「喘息《ぜんそく》だ！　喘息だ！」と騒ぎたててくれなかったら、わたしはいつまでも彼女が笑いすぎて泣いているのだと思ったことだろう。

「バ、バ……」

「なんて?」パンチドランカーのようにふらつく彼女に耳を近づける。「バッグ? バッグね!」

「は、早く……」

わたしは彼女のバッグの中身を芝生にぶちまけ、彼女はゼェゼェあえぎながら吸入器に飛びついて吸引する。

「大丈夫?」背中をさすってやるくらいしか、わたしにできることはなかった。「ごめん、へんなこと言って」

「ううん」彼女は深呼吸をし、涙をぬぐう。「あはは、サイコー……今日は誘ってくれてありがとうね」

「…………」

ううむ、これはあれだぞ、彼女には守ってやる男が必要だぞ。

7　恋に落ちたからといって世界が変わるわけではない

試写のないゴールデンウィークのあいだは忘れていたが、金属探知機をふりまわす花谷環を見るにつけても、問題はなにひとつ解決していないことに気づかされる。

そんなわけで、エンドロールも終わらないうちから階段を駆け上がり、謎だらけの屋上へと飛び出したのだった。

のびはじめた日脚が明治通りに射しこみ、川面《かわも》を渡る風を薄桃色に染めていた。白いヘルメットをかぶった測量士たちが、そびえ立つ明太子《めんたいこ》の看板をむずかしい顔で見上げている。換気ダクトに羽を休める鳩たち。木箱の上のワインボトル。わたしはまどろむ梅津茂男のとなりに腰を下ろし、初夏の街並みを眺めやる。

ベイサイドプレイスへむかう遊覧船が離岸し、ゆっくりと旋回して舳先《へさき》を博多港へむける。その白い航跡が遠ざかり、やがて視界からこぼれ落ちるころ、わたしは意を決して口を開いた。

「最近、映画が盗まれてるみたいですよ」

梅津は永遠とも思えるほど黙りこくる。その沈黙が彼の告解のように思えたが、まったくの思いすごしだった。長すぎる沈黙を不審に思って横目で盗み見ると、梅津のおっさん、またこっくりこっくり舟を漕《こ》いでいるではないか。

「ウメさん！」

梅津の頭がガクッと胸のまえに落ちる。

「んん……ああ、松田くんか……」

「なんだかなあ、もう」

大きなあくびをしながら体を起こし、「試写、もう終わったと？」

「ウメさん、こないだここで中国人になんか渡してたでしょ」

梅津はグラスに手をのばし、昆布茶のようにずずっとワインをすする。

「あれって、まさかとは思うけど映画を流しとうわけやないですよね」思わず目を細めてしまった。「ウメさん、グラスについとうそれって……」

「ん？　ああ、鳩の糞や」

「………」

「さっき空からぽちょって落ちてきてな。大丈夫、外側やけん……って、ああ！　これ、内側にもついとるやないか！」

なんということだ。

想い姫が窓から投げて寄こしたハンカチのようにわたしは映画を後生大事にする者だが、もしかするとなにか根本的な思いちがいをしているのかもしれない。公開前の映画が流出して中国のサイトにアップされることなど、そう、鳩の糞ほどの事件性もないのだ。なにもかも阿呆らしくなり、わたしは梅津のワインを勝手にがぶがぶ飲む。

「最近の映画がつまらんのは、べつに映画自体が面白くないわけやないとよ」

「もういいですよ」

「おれがつまらんのは、映画を観ることになんの意味もなくなってしまったことや。むかしの映画には社会の手触りのようなもんがあった。やさぐれた手触り、ひねくれた手触り、おれは邦画のあの手触りが好きやったなあ。映画館にも手触りがあった。かかっとう映画と矛盾せん手触りがな。それこそ煙草を吸うやつはおるわ、しゃべるやつはおるわ、ガキやら通路を走りまわっとったもんよ。だれも映画やら観とらんかった。天神映劇やらホモの溜まり場やったけんね。便所に行ったら、いつでも個室からうめき声が聞こえたもんよ。ビリヤードとかボウリングとかゲームセンターとか、はじめのうちはみんなそれなりの手触りがあった。やけん、行くときはわくわくしたもんよ。格調の高い映画館に行くときはたいへんやったよ。ビシッとオシャレして行ったな。ガキのころ、はじめて太陽映劇に連れていってもらったときは、何日もまえから興奮して眠れんかったよ」

やけんって映画を盗んでいいことにはならんでしょ」

「けど、わくわくせん?」梅津が言った。「おれはそのわくわくもひっくるめての映画やと思うけどな」

「こないだ小耳にはさんだんすけど、松田さんって瀬戸監督とおなじ大学だったんでしょ?」

わたしはコーヒーをすすり、自分をちゃんと束ねてから口を開く。「だれから聞いたんですか?」

「本人っす」と、営業マン氏。「なんか、ふたりとも映研でいっしょに自主制作の映画を撮ってたんでしょ? すげえなあ」

わたしは曖昧な笑みを浮かべる。

場所は西鉄グランドホテルのカフェ・ラウンジ。昨日連絡があって、瀬戸笙平が新作のキャンペーンで来福するからインタビューをしてほしいと乞《こ》われ、いまこうして配給会社の営業マンと打ち合わせをしているのだ。

もしもわたしが瀬戸笙平に対してなんらかのコンプレックスを持っているのではないかと親愛なる読者諸氏がちょっとでも考えているとしたら、それはまったくの見当違いだ——と言えば嘘になる。飾らない気持ちを言えば、わたしはやつに対してかなりコンプレックスを持っている。下北沢《しもきたざわ》、吉祥寺《きちじようじ》、中目黒《なかめぐろ》、六本木《ろっぽんぎ》。瀬戸に手ほどきを受けた場所は、いまではすっかりわたしの鬼門となっている。渋谷《しぶや》の Bunkamura、蒲田《かまた》の餃子《ギョーザ》、アメ横、新宿《しんじゆく》のクラブ。

やつはわたしが上京して最初にできた友だちだった。はじめて瀬戸が部室に入ってきたときのことを、いまでも憶えている。五月も終わりかけで、新入生にしてはすこし遅い入部だった。やつはチャラいサークルをいくつもかけもちするチャラい男だったが、映研に入ったのも平林果歩が目当てだった。映画のことなどなにひとつ知らず、知ろうともせず、知っていることを小馬鹿にさえしていた。

上京したばかりのわたしの目には、そんな不敵な瀬戸が東京そのものに見えたものだ。東京で生まれ育った人にこの感覚をわかってもらえるだろうか？　わたしはかなりの自信を持って言うのだが、この感覚は田舎者にはかなり普遍的なものである。わたしが『東京ラブストーリー』の再放送を観たのはたぶん中学生のころだが、主人公の織田裕《おだゆう》二扮《じふん》するカンチが鈴木保奈美《すずきほなみ》扮するリカと別れたあと、たしか最終回あたりでこう言う。

「リカは東京そのものだった」

田舎者にとって東京というのは、そう、あたかも年収や身長や大学とおなじ文脈で語られることがあるのだ。とくに福岡のような第三の都市コンプレックスに骨の髄まで冒された地方都市では。もしふたりの女の子が同時にわたしのことを好きになり、ほかの条件がすべておなじだとして、どうしてもどっちかを選ばなくてはならないとしたら、大学時代のわたしならたぶん東京の娘を選んだはずだ。

「前作でサンダンスを獲ったじゃないっすか」わたしの心中の苦悩などなにひとつ知らない営業マン氏がつづける。「だから、今作はうちらも気合入ってて。先週の試写、ご覧になりました？　凶暴かつやさしかったでしょ？　あの十分に一度の濡《ぬ》れ場と三人の女優を裸にするというこだわりは、むかしのピンク映画へのオマージュらしいっすよ。松田さん、ピンク映画の四天王って知ってます？　瀬戸監督、そんなかのサトウトシキって監督の『青空』に着想を得たって言ってましたよ」

「前作っていくらくらいで撮ったんですか？」わたしは試写を観てないことを悟られないように、質問に質問でかえす。「三億くらい？」

「そうっすねえ」

「今作は？」

「五億くらいじゃないすかねえ」

これが邦画の相場だ。ハリウッドスターひとりぶんの出演料にもてんでとどきやしない。

たしかに予算をかければいいというものではない。タランティーノの『パルプ・フィクション』だってぜんぜん金をかけずに撮られた。しかし、それは脚本がずばぬけてよかったからだ。そうじゃなかったら、ハーヴェイ・カイテルやサミュエル・L・ジャクソンが出てくれるはずがない（いっぽう、役者として瀕死《ひんし》だったジョン・トラボルタはたとえ母親が危篤だったとしても出ただろう）。邦画には人生の由無《よしな》し事を淡々と描いたものが多いが、そんなはした金ではそうするほかないじゃないか。

「松田さんって、もう脚本を書いてないいんっすか？」

「それも瀬戸情報ですか？」

「なんか、大学時代からあたためてるゾンビものの話があるんでしょ？」

「ゾンビじゃないですけど」

「それ、書かないいんっすか？」

「一度書いて、コンペで落ちたんですよ」

「それは時代が追いついてなかった――」

「いまを生きるので精一杯ですよ」

「――って、瀬戸監督がおっしゃってました」

「………」

「瀬戸監督、松田さんがその話を書きなおすのを待ってるみたいっすよ」営業マン氏はわたしの動揺などには微塵《みじん》も気づかず、システム手帳にスケジュールを書きこむ。「とりあえず場所はグランドハイアットになると思うんで、日時が決まったらまたご連絡しまーす」

　配給会社としてこれだけは質問してほしいことや、これだけは質問してくれるなというようなことを二、三確認してから、わたしたちはカフェ・ラウンジをあとにする。

「松田さん」

「はい」

「なんか、主人公が言葉を探す旅に出ちゃうんでしょ？　瀬戸監督からちょっと聞いたかぎりじゃ、おれ、めっちゃ面白そうだなって思いましたよ」営業マン氏はガムを口に放りこみ、「じゃあ、また連絡します。ちぇーっす」

　わたしは自転車に跨り、明治通りを夕陽にむかって走る。

　屁のにおいでも褒められたような気分だ。スーツを百着も持っているようなあんな若造に、いったいなにがわかるというのか。忘れないでいるだけでは、夢は悪臭を放って腐ってしまう。そして撫で方を間違えると、夢を見た張本人にだって咬《か》みつくようになるのだ。


　その夜、藤丸弘といっしょに『ディスコ・レボリューション』のＤＶＤを観る。

　ずっとまえに宣伝会社から取り寄せ、観もせずに何年もほったらかしにしていたドキュメンタリーだ。

なかなかの作品――もはや紹介する機会を永遠に逸してしまったというのに、ついつい頭のなかのノートに評価を書きつけてしまう。

音楽はたしかに世界を変え得るが、親愛なる読者諸氏は一九七〇年代の黒人や女性やゲイの解放にディスコがひと役買っていたという事実をご存知だろうか？

華々しく世界を席巻《せっけん》したディスコ革命もまた、そう、虐げられし者のコンプレックスの大爆発だったのだ（そういえば、アフロヘアに超ミニスカートを穿いた母の若いころの写真を見たことがある。たぶん、百合子伯母さんに虐げられていたのだ。長女に虐げられるのは、女だけの姉妹《きょうだい》の宿命なのかもしれない）。

八〇年代に入ると、今度はアンチ・ディスコの人たちが野球場にディスコのレコードを山と積んで爆破するのだが、このときのレコード会社の言い分以上の真理をわたしは聞いたことがない。曰く、「いいんじゃない？　レコードを爆破するにはまずレコードを買わなくちゃならないからね」

「わかるや、藤丸？　この貪欲さがいまや世界を鮫《さめ》みたいに食い荒らしよったたい」

返事はない。

「映画もいっしょぜ。金儲けしか考えとらん。芸術の原点はあらゆる意味で革命ぜ。サンダンスでグランプリ？　ハッ！　あいつの映画がいまの日本に風穴のひとつでも開けたや？」

藤丸は『Y.M.C.A.』を熱唱するヴィレッジ・ピープルを虚《うつ》ろな目で眺め、それから出し抜けにこうくる。

「付き合っとう女のガキをイジめて死なせるのって、定職のない男がほとんどやんね」

「はあ？」

「ただでさえミジメなのに、ガキまで懐かんもんやけん、ほんとうの自分を見抜かれとうようで余計ミジメになるっちゃろうね」

「なんや、急に？」

「岩佐まち子を実家に連れていったやろ？」

「…………」

「おまえは定職のない男やし、彼女には子どもがおる」

「やけんなんや？」わたしはやつにむきなおる。「おれが聡を虐待死させるとでも言いたいとや？　言っとくけど、おれにはちゃんと映画の仕事があるぜ」

「おまえの書くもんやら、通学路に落ちとうコンドームほども気が利いとらんわ」

「ああ、あれ不思議やね、だれが捨てようとかいな」

「あんなもん書いとって楽しいとや？」

「貴様、喧嘩売っとうとや？」

藤丸はビールをすすり、テレビの画面を指さす。

ヴィレッジ・ピープルの面々がインタビューに答えて、ゲイ・マッチョの起源について滔々《とうとう》と語っている。筋肉むきむきのヴィレッジ・ピープルが登場する以前のゲイは、十把ひとからげになよなよしていると思われていた。今日の筋肉礼賛の風潮は、七〇年代に一世風靡《いっせいふうび》したゲイ・マッチョたちがその礎を築いたのだ。

ふむ、興味深い。EXILEやアバクロンビー&フィッチがあんなにも腹筋を重視するのは、もとをたどればみんなゲイ文化へ行き着くわけか。

「よし」インタビューがひと段落したのを潮に、わたしは喧嘩のつづきにとりかかる。「なんか文句あるとや、貴様？」

「瀬戸から電話があった」

「え？」ヒュー、ドッカーン！　頭のなかに核爆弾が落ちる。「てゆーか、おまえら……え？　まだつながっとったと？」

「六、七年ぶりよ。実家に電話してお袋におれのケータイの番号ば聞いたって。今度、福岡に来るっちゃろ？」

「ああ、うん」

「おまえに会いたいってさ」

「てゆーか、インタビューするし」

「個人的にたい。あの脚本がどうなったか訊いとったぞ」藤丸はビールをすすり、「ぶっちゃけ、どうなん？　おまえ、脚本に専念したいけんって会社辞めたんやなかったっけ？　あいつはいまでも待っとうぜ」

わたしはソファにすわりなおし、テレビの画面をにらみつける。

ディスコ革命は『サタデー・ナイト・フィーバー』の登場でピークを迎える。若かりし日のジョン・トラボルタがあのイカしたポーズでキメまくっている。この輝かしい出世作がディスコ革命を成し遂げ、やがて穴の開いた船のように自分を道連れにぶくぶく沈んでいくとも知らずに。

タランティーノからお声がかかるまで、トラボルタのやつは冷たい水の底でなにを信じていたのか？

ディスコが潜水艦のように浮上するのをひたすら待っていたとでも？

そして、瀬戸笙平はなにを信じてわたしを待つのか？

「ロブ・ロウとパトリック・スウェイジが出とったアイスホッケーのやつ、名前なんやったっけ？」

「『栄光のエンブレム』」なにも考えずに答えていた。

「パトリック・スウェイジが敵チームの反則で頭ば打って選手生命を断たれるやん。で、最後にロブ・ロウになんて言ったか憶えとう？」

退院したパトリック・スウェイジは試合前のロブ・ロウに自分の元気な姿だけ見せて、

ここ一番の大勝負を観ずにその場を立ち去る。おれは観客にはならない、と言い残して。「あのパトリック・スウェイジにはしびれたね」藤丸が劇画タッチの顔で言った。「勝負するか、一生観客でおるかってところやね」

映画はいつだって楔《くさび》を打ちこんでくる。

時代に。

心に。

銀幕では一世一代の勝負に出たやつらがしのぎを削り合い、客席ではわたしのような者が血眼《ちまなこ》になって粗探しをしている。

8　子どもをだしに使えば男女の急接近はおのずと可能になる

わたしと岩佐まち子はキングズ・アローにいる。藤丸はいない。つまり、わたしたちはふたりきりということだ。

「ほんとにご迷惑をおかけしました」

しおらしく掲げられた彼女のグラスに、わたしは自分のを軽く合わせる。「でも、聡にはいっぺんちゃんと言ってやらんといかんね」

「あの子があんなふうになるなんて……」

「千紘の母ちゃんは元暴走族やけんね、おれでさえときどき木刀をかついだ十年後の千紘が見えることがあるとよ」

親愛なる読者諸氏はいまこう思っているはずだ。なにがどうなってやがるんだ、こんちくしょうめ。

この状況にいたる道のりを説明するには、あの日まで――先々週、わたしが岩佐まち子を実家に招待した日にまでさかのぼらなければならない。

喘息の発作を起こした彼女とわたしがなにかを育んでいたころ、聡は3DSそっちのけで千紘に恋心をつのらせていたのだった。

「うん、教えたよ」昨日電話で事情聴取をした際、裕樹はあっさりと白状《げろ》した。「なんで聡くんに千紘の学校ば教えたらいかんと？」

「何年何組かも教えたとや？」

「うん」

「いつ電話があったとや？」

「えっと、日曜日」

これでひとつ謎が解けた。

裕樹と聡はどちらも母子家庭で、母子家庭の子はみんなケータイを持っている。理由は言わずもがなだろう。母親が仕事で疲れて子どもの相手をしたくないときや、出会い系で知り合った男に会いに行くときなんかに、モバゲーで遊ばせておくためだ。聡は、そう、ワトソンくん、母親に気取《けど》られずに標的の居所をゲットできる環境にあったのだよ。

これ以上、裕樹からひっぱれるネタはないだろう。ふつうなら取り調べはここで終わりだが、子どもを持つ親ならこのような好機を逃すはずがない。この流れに乗って我が子の社会生活を探りにかかるはずだ。もちろん、わたしもそうした。

「おい、裕樹、おまえ学校で好きな女の子とかおらんとや？」

「女やらいっちょん好かん！」

「ああ、おれもそうやったなあ、触ったらバイキンがつくっちゃんねえ。けど、女の子にはやさしくせないかんぜ。大人になったらわかるけど、女は男よりずーっと強いっちゃけん、やさしくしとかんとあとで殴られるぞ。けど、それはたいしたことやない。恐ろしいのはな、殴られたあとに『ああ、殴られてほんとによかった』というふりをせんと、もっと殴られるってことたい。おまえがお父さんと別れて暮らしとうのも、お父さんが『ああ、殴られてほんとによかった』というふりが上手にできんかったけんぜ。わかるや？　おまえのせいやないけんな。やけん、女の子にはやさしくしとけ。うちには百合子ちゃんがおることを忘れんなよ」

「だって、ほっぺたにチューってしてくるとよ！」

「え？　マジでか？」

「すぐ手とかつないでくるし、マジでたまらんけん！」

「やるなあ、おまえ」

ちなみに裕樹の声で「たまらんけん」と言われると、まるでムショから出てきたばかりの菅原文太《すがわらぶんた》が「早《は》よパツイチやらせてくれや、わしゃもう辛抱たまらんのじゃい」と言っているように聞こえる。

ううむ、我が甥っ子はもしかすると、将来女を食い物にするような男になってくれるかもしれないぞ。

ともあれ、岩佐まち子によれば、ゴールデンウィークが明けてから息子の様子が急におかしくなったそうだ。何事につけうわの空になり、ぶつぶつとひとり言を言い、流れる雲を見上げては深い溜息をつき、こっそり涙した。靴を右左逆に履き、ランドセルを忘れて登校し、犬の糞を踏んづけ、命のつぎに大事にしていた3DSに見向きもしなくなった。

そんな状態が十日ほどつづいた。

岩佐まち子は息子の肩を摑んでゆさぶったり、ハンバーグをつくって機嫌を取ったり、一人親ということで将来肩身のせまい思いをせぬよう脅したりすかしたりしたが、「もしゃ」と思いあたったのは、聡が寝言で千紘の名前を叫んだときだった。聡は寝汗をかき、悪魔憑《つ》きのようにゲラゲラ笑ったかと思えば、親心が締めつけられるほどしくしくすすり泣いたという。

原因不明の微熱に悩まされた週末が明け、聡はついに行動に出た。すなわち学校をサボり、地下鉄に飛び乗って千紘の学校にあらわれたのだ。

ぞっとする話じゃないか！

男はだれしも多少のストーカー気質を備えているし、女のほうだって多少のストーカー気質なら愛ということにしてしまう大雑把なところがある。だからこそ男にぶん殴られても、それは愛ゆえなのだと自分をごまかせるわけなのだが、うちの女たちに手を上げた男は確実に悲惨な末路をたどることになる。真璃絵叔母さんに拳骨で殴られて鼻を折った男を、わたしはこの目で見たことがある。百合子伯母さんが暴力被害に遭ったという話はついぞ聞かないが、万一そんなことがあれば、その男はずるずる長びく裁判に引きずりこまれて一切合財をむしり取られてしまうだろう。父が母と結婚したのだって、ひょっとすると父がなにかのはずみで母をちょっと押したかなにかして、その責任を取らされたのかもしれない。そのむかし奈津子叔母さんを軽くひっぱたいた男がいたが、当時一ダースほどいた叔母さんの彼氏たちに日替わりで殴られて街を出ていってしまった。

千紘にはそんな彼女たち全員とおなじ血が流れているのだ。そして、蛇は小さいほうが毒は強いという。だから、聡がどんな展開を夢見ていたにせよ、そのような展開にはならなかった。すくなくとも『小さな恋のメロディ』のように、千紘とふたりして小さなトロッコに飛び乗っての逃避行など、夢のまた夢だった。

では、実際にどんなことがあったのか？

ここから先は、岩佐まち子が知らされている政府発表バージョンと、見せかけの事件の背後に隠された、血なまぐさい、陰謀渦巻く真相バージョンがある。

①聡は千紘の小学校の校門に張りつき、②学校の先生に見つかって保護され、③そこから聡の小学校へ連絡がいき、④最終的に岩佐まち子が抜け殻のようになった息子を引き取りに出向いて、関係者各位に頭を下げまくった。

以上が政府発表バージョンだが、わたしが千紘から聞いた真相バージョンは以下のとおりである。

まず、①と②のあいだで、聡は放課後の子どもたちに夢遊病者のようにつきまとい、千紘を呼んできてほしいと手あたりしだいにたのみこんだ。

映画に出演してからというもの、千紘は小学三年生にしてすでにハリウッド・セレブのようにふるまっていた。そんな千紘を女王様と崇《あが》める高学年の男子たちが手に手に得物——定規、ほうき、コンパス、サッカーボール——を持って、聡のところに殺到した。騒ぎを聞きつけた先生たちが駆けつけたとき、わたしの想像だが、聡は袋だたきにされたあげく、かけっこの鉄砲を頭に突きつけられて「千紘から手を引け」と脅されていたにちがいない。

つぎに、②と③のあいだで警察が介入している。

聡が頑として身元を吐かなかったからだ。交番からおまわりさんがやってきて、そんなに強情を張るならいますぐ刑務所にぶちこんじゃると脅しをかけ、わたしの想像だが、聡はカツ丼のひとつもとってもらってから、ようやく観念して洗いざらいぶちまけたにちがいない。

千紘がファンに待ち伏せされるのは、はじめてのことではないので、学校側の計らいで聡の小学校には警察沙汰の部分が伏せられて連絡がいったのだ。

最後に、③と④のあいだで聡は千紘と会っている。目に涙をいっぱい溜めた聡に、千紘はこう言い放った。「あんただれ？」大人たちに引きずっていかれながら、聡が「おまえはおれのもんだ！　だれにも渡さねえ！」と絶叫したかどうかは知らないが、恋する小三男子にはあんまりと言えばあんまりな仕打ちである。

ただ、千紘の名誉のために言っておかなくてはならないのは、この子はほんとうに聡のことを失念していたわけではない。ちゃんと憶えていた。なのに、知らんぷりをしたほうがイケていると思ったのだ。

「どこがイケとうとや？」

わたしの質問に、千紘はひょいっと肩をすくめた。「知らんと、杜夫《ひ》おじちゃん、いい女は高嶺《たかね》の花やないといかんとよ。ちょっと突き放したくらいで退くような男はつまらん」

「だれがそんなこと言ったとや？」

「ん？　おばあちゃん」

もし奈津子叔母さんが自分の哲学を本に書き著したら、きっとマキアヴェッリの再来と大好評を博するだろう。

わたしはビールをひと口やり、「で、その後どんな感じ？」

「今日は学校を休ませた」岩佐まち子は息子のしでかしたことに打ちのめされ、自分のこれまでの人生と、そして教育方針を根本から見直さねばならない重圧に押しつぶされていた。「いまはおじいちゃんたちが見てくれとう。もう落ち着いたし……でも、ほんとにごめんなさい」

「大丈夫よ、人さえ殺さんかったらストーカーやらたいした罪にならんっちゃけん」わたしはそんな彼女をなんとか慰めたかった。「よう知らんけど、せいぜい被害女性の何メートル以内には近づくなって警察に注意されるくらいやない？」

鬼のような形相でにらまれてしまった。

「いやいや、おれが言いたかったのは千紘も悪かったってことで……あいつも良い薬になったやろ、世のなかにはどんなやつでもおるってわかったっちゃけん……あっ、いまのはべつに聡くんのことやなくてね……えっと、その……つまり、これくらいですんで千紘もラッキーやったし、だいたいうちの女どもは男をナメすぎとっちゃん。聡くんにやられんでも、そのうちだれかにブスリと――」

「はあ!?」

「――あっ、いやいやいやいやいや！」

「黙って聞いとったら、まるでぜんぶうちの子が悪いみたいやん」

「いやいやいや、もちろん思わせぶりな態度をとった千紘も悪いよ。でも、ほら、それで人を刺したりしたら、やっぱり男のほうに問題があるやん？」

「聡は人を刺したりせんし！」

「やけん、聡くんのことやないって」

「いま『聡くんにやられんでも』って言ったやん」

「それは言葉の綾《あや》で、おれは一般論を言いようだけであって……」

「一般論なら聡はストーカーになるって言いたいと？」

「だれもそんなこと言っとらんやろ？　どういうふうに解釈したらそうなるかなあ。たとえば、岩佐さんがつけとうその香水？」

彼女が目をすがめる。

「たとえばおれが『そういう香水って外人好きの女がようつけとうよね』と言ったとしても、それはべつに岩佐さんが外人好きのビッチって言いようわけやないやん」

「言いようやん！」

「え？　そうかなあ……けど、『ビッチ』とまで言ったことにはならんやろ？」

「あたしのこと、そんなふうに見とったと？」

「『たとえば』って言ったやん。いまのはたとえがちょっと悪かったけど……じゃあ、たとえば、事実として外人と付き合っとう女ってブスが多いやん？　で、だれかが『岩佐さんって外人と付き合っとうっぽいよね』と言ったとしても、それはべつに岩佐さんのことをブス呼ばわりしとうことにはならんやろ？」

「**なるやん！**」

「なるわけないやん」びっくり仰天したわたしは、それでもなんとか分別を説こうとする。「なるとしても、それは**だれかが**言いようだけであって、おれやないけんね」

岩佐まち子の体がぶるぶるふるえだす。噴火寸前の火山みたく。

「けど、おれはそんなふうには思っとらんもん。岩佐さんの香水も好きやし、外人と付き合っとう女性にも偏見やらないもん」

「とにかく、すみませんでした」くわっと目を剝《む》く岩佐まち子。「はい、ちゃんとあやまったけんね」

「んーと、それはあやまっとうとは言わんっちゃないかなあ。そんなんやったら、むしろあやまってもらわんでも——」

彼女が拳でテーブルをドンッとたたき、わたしの心臓はビールグラスといっしょにぴょんっと跳ねる。

「ちょっと黙っとって」

「——ですよねえ」

叔母たちに厳しく躾《しつ》けられたせいで、わたしはこういう場合、どうしたらよいのかをちゃんと心得ている。

わたしはキッチリと自分を束ね、心を鬼にし、岩佐まち子から目をそらす。テーブルの一点をじっと見つめて反省しているふりをする（反省しているふりなら、わたしはだれにも負けない自信がある。それこそが唯一わたしを百合子伯母さんの鉄拳制裁や、母の正座地獄や、真璃絵叔母さんの二段蹴りや、奈津子叔母さんの号泣から救ってくれるものだった）。

それにしても、まだなにもはじまってないのに、わたしたちの関係はすでにこじれにこじれて別れ話をしているカップルのような風格をたたえているじゃないか！

炎のような気まずさのなかで、となりのテーブルからとどく阿呆っぽい声だけが唯一の慰めだ。その阿呆っぽさたるや、とおりいっぺんではない。

「ハンバーグとか食べたいよねえ」と、女性の声。

「うんうんうんうん、わかるわかる」と、女性の声。

「え？　じゃあ、食べ物でなにが好き？」

「肉類とか。あと、タコライスとか」

「お鮨《すし》とかは？」

「ああ、うち、生魚がダメやけん」

「え？　ということは、スイーツとかもダメ系？」

「はあ？」

わたしと岩佐まち子の声が重なり、女性たちは驚いて口をつぐむ。

わたしには良識というものがあるので、人様をじろじろ見るのは失礼だということを知っている。

が、岩佐まち子は収まらない。怒りのはけ口を見つけた彼女の細い目がギラリと光り、わたしが止める間もなく、となりのテーブルに身を乗り出す。

「なんで生魚がダメならスイーツもダメってことになると？」

女性たちは啞然《あぜん》とし、目を見交わし、おびえたように笑いだす。

わたしのおかげですでにウォーミングアップはすんでいるので、岩佐まち子の怒りのメーターはフェラーリ並みの加速でレッドゾーンに飛びこむ。

「なにが『ということは』なん？　あんた、お鮨にあんこかなんかつけて食べると？」

わたしは、接続詞の使い方についてなおもわめきつづける岩佐まち子を羽交締めにして店から連れ出す。悪役プロレスラーのようにいきりたつ彼女を店の外におき、荷物を取りに戻ったついでに女性たちに詫《わ》びを入れる。

「ごめんね、あの人、いま息子が犯罪者になるかどうかの瀬戸際やけん、いまから頭をモヒカン刈りにして徹夜でフラダンスを踊るっちゃん」

女性たちが目をパチクリさせた。

彼女たちにわたしのマルクス兄弟ばりのウィットが伝わったかどうかはわからないが、わかったこともある。

おいおい、岩佐まち子は真璃絵叔母さんの魂を持ってるぞ。

わたしたちは適当な店に入って飲みなおす。

「聡が登校してないって学校から連絡があったときは頭が真っ白になった」

「このご時世やもん、どんなやつがおるかわからんし……って、いやいやいや、いまのはマジで聡くんのことを言ったわけやないけんね……あっ、『いまのは』って言ってしまったけど、さっきもべつにそんなつもりはぜんぜん……」

「そうじゃないと」

「え？」

「元旦那が帰ってきとうと」

「…………」

「聡に会いたいって言ってきた」岩佐まち子はワインをぐいっとあおる。「なにしでかすかわからん人やけん」

深夜、ブログの更新をしているところに、スマホが『ゴッドファーザー 愛のテーマ』を鳴らしながらテーブルの上で身をよじりだす。

画面をたしかめると、見も知らぬ番号だ。

「………」

突然アントニオ猪木《いのき》に蹴られたような衝撃が延髄に走り、わたしはうろたえ、鳴りつづけるスマホを握りしめたまま部屋中をぐるぐる歩きまわる。

一瞬、スマホをトイレに捨てて流してしまおうかという思いが念頭をよぎる。コーヒーテーブルに足の小指をぶつけてとても痛い思いをする。つけっぱなしのテレビが、今度はミャンマーの孤児院にタイガーマスクからの贈り物がとどいたと言っている。

この一、二週間の流れからすると、わたしのところにかかってくる見も知らぬ番号の主はひとりしかいない。

おお、ドン・コルレオーネ、わたしはどうしたらいいんですか？

9　ギャグとユーモアを混同してはいけない

試写開映直後、激しくもよおしてトイレに駆けこむ。

三列目右端のおばさんが、まるでわたしがすでにうんこを漏らしたかのように顔をしかめる。おばさんを不愉快にできたことはうれしいが、このときのわたしは行く手に待ち受ける『ロード・オブ・ザ・リング』ばりの過酷な運命にまだ気づいていない。

ことわっておくが、ピカデリー・ホールのトイレはものすごくくさい。どれくらいくさいかというと、東南アジアを旅してきた藤丸をして、ベトナムでいちばんくさい便所よりもくさいと言わしめたほどくさい。『トレインスポッティング』でユアン・マクレガーが頭から飛びこむ便器とどっこいどっこいだ。ビルが古いうえに、おそらく臭気は空気よりも軽い。だから各階の臭気が最上階にある試写室のトイレにまで立ちのぼり、成仏できない怨霊《おんりよう》のようにいつまでもわだかまっているのだ。

が、腹はきゅるきゅる、尻はぶるぶるの状態では、そんなところでも宮殿のように輝いて見える。

ベルトをはずしながらトイレに駆けこむと、映写技師のじじいがいままさにひとつしかない個室へ入ろうとしているところ。映画さえはじまってしまえば、映写技師というのはのんびりうんこをしたり、好きなだけ一物をいじったりできるのだ。

「ちょちょちょちょ！」

わたしのただならぬ剣幕に高柳剣志郎はたじろぎ、わたしは剣豪のようにその一瞬の心の迷いを衝《つ》く。うつけたように立ち尽くす老映写技師のまえに体を割りこませ、あわやというところで個室へ飛びこみ、情け容赦なくドアをバンッと閉める。

が、ざまあみろ、と思う間もなく、わたしは因果応報の鎖にがんじがらめになる。

「な、なんか……貴様、こら！」我にかえった高柳剣志郎がドアをガンガンたたき、罵《ば》詈雑言《りぞうごん》を浴びせてくる。「出てこい、貴様、こら！　ぼてくりこかすぞ、卑怯者《ひきょうもの》！　たのむけん、早よせい！」

その声がひどく遠い。

便意すらすうっと退いてゆく。もしもわたしが藤丸弘なら、自嘲《じちょう》気味にこう言うだろう。うんこは流さなきゃ流れない。

ふるえる手で水洗レバーをまわしてみるも、万にひとつの奇跡が起こるのは映画のなかだけだ。案の定、水はちょろちょろとしか流れず、先客が残していった立派なものは薩摩隼人《さつまはやと》のように泰然自若として揺るがない。おいどんはテコでも動きもはん。そういえばエレベーターのところに貼《は》り紙があった。たしかピカデリー・ビルのなにかの工事のため断水します的な内容だった。

ここは決断のしどころだぞ。

この状況では、たとえわたしが脱糞をしなくても、濡《ぬ》れ衣《ぎぬ》を着せられるのは必至だ。むしろ思いきってやってしまったほうが、量的にふたりぶんだとわかるはずだから、わたしばかりが責めを受けるいわれはなくなるのでは？

「は、早よしてくれ……」ドアをたたく音で、老映写技師がすでに力尽きかけていることを知る。「ううう、むむむ……た、たのむ、たのむけん……おおおおお」

すすり泣く声を聞きながら、わたしはぶりかえしてくる便意になす術がない。そして、賢明なる読者諸氏ならわかっていただけると思うが、ぶりかえした便意というものはさらに邪悪で、従前の何倍も強力である。

わたしになにができるだろう？

地球は誰《た》がためにまわるのか？

絶体絶命の待ったなしの状況なのに、午後には瀬戸笙平の記者会見も控えている（てゆーか、それが腹痛の原因？）。

嗚呼《ああ》、松田杜夫の運命や如何《いか》に！

グランドハイアットでの記者会見のあと、わたしと瀬戸笙平は中洲のカフェの、夕陽が射しこむボックス席に落ち着いたのだった。

サンダンス映画祭でのグランプリ受賞のことや、新作に対する意気ごみや、瀬戸が自分の作品に出演させた女優に手を出したことなどは、すでに記者会見の席で話題にのぼっていた。さらに、わたしがすっかり博多弁に戻っていることや、福岡の空は広いことや、共通の友だちのことは道中ですっかり語り尽くされていたので、店に着くころには話題が枯渇し、このまま笑って別れようかと思ったほどだった。

そこで席につくなり、おたがいスマホをいじって忙しいふりをしてみたのだが、気がつけばわたしはモバゲーにすっかり没頭していた。

「おい」根負けしたのは瀬戸のほう。「なんか話せよ」

「ちょちょ……もうちょっとでクリアやけん」

「あの脚本、どうなってんだよ？」

一瞬の躊躇が手元を狂わせ、ゲームを終わらせる。点滅する〈GAME OVER〉の文字を見つめながら、わたしは顔を上げられずにいた。

「おまえの脚本でおれが映画を撮る」瀬戸が言った。「そうだったよな？」

むかしの冒険映画でよく見かけた、主人公を溺死《できし》させようと密室に水がどぼどぼそそがれるあのシーンは、こういう状況から着想を得たのかもしれない。息苦しくてたまらない。

「電話でも言ったけど、もう書いとらんよ」

正直に打ち明けたわたしに、瀬戸は顔から表情を消すという陰湿なやり方で応じる。

「おれには映画にケチをつける才能はあっても、映画をつくる才能はないけん」

「おれにだって才能なんかねえよ。やるか、やらねえか、それだけだろ？」

「今日さ、試写室でクソちびりそうになってよ」

「はあ？」

わたしはスマホを操作し、自分のブログを開き、過去ログから言葉をすくい上げて声に出して読む。

「『リゴベルトは目を半ば閉じ軽く息んだ。ほかになにもする必要はなかった。その瞬間、直腸にくすぐったさを感じた。通りやすいように広がった出口へ向かって、なにかが腹の洞穴をしおらしく動きだし、辿《たど》りはじめた。肛門《こうもん》も、もうずっと前から広がりはじめ、排泄物《はいせつぶつ》を吐き出す準備を整え、それが通過すればすぐにも、《さらば、糞よ、もう戻ってくるんじゃないぜ》という冷笑と怒りとともにしわの扉を閉めてしまおうとしていた』」

「なんだよ、それ？」瀬戸は吐き捨てるようにそう言って、苛立《いらだ》たしげにビールをあおる。「わけわかんねえし」

「とあるノーベル賞作家の小説の一節よ」わたしはブログを閉じ、スマホをテーブルにおく。「わかるや？　『クソが出た』とたった五文字ですむところを、それですまさんのが才能ってもんぜ」

瀬戸がビールをドバッと噴き出して激しく咳きこむ。まるでだれかに後頭部を殴られたかのようだ。ゲホゲホやりながら、ナプキンで鼻を拭く。目玉は飛び出し、なにかの発作のように体をふるわせる。

それから、店じゅうがふりかえるほどの大音声で笑ったのだった。

「『さらば、糞よ、もう戻ってくるんじゃないぜ』やけんね」わたしはビールをすすり、「それくらいのことがさらーっと書けな、脚本やら無理やろ」

「ハハハ、松田、おまえやっぱ面白《おもしれ》えな」涙をぬぐいながら瀬戸が言った。「この仕事をしてると、心をこめて心にもないことを言ってくるやつばっかだけど、おまえはやっぱひと味ちがうわ」

「おれは心をこめてほんとうのことを言いよったい」

「いいか、ぜってーにあの脚本を完成させろ」

「人の話を聞いとった？　脚本やらもう……」

「いいから、やれ」

「………」

「おれは監督だ」その顔はもう笑っていなかった。「才能があるかないかの判断はおれにまかせろ」

「んで?」と、藤丸。

「そんだけ」と、わたし。「自分で事務所ば立ち上げるけん、東京へ帰ってこいって誘われたけど」

「行くと?」

「行くわけないやろ。どうやって食っていくとや? それにおれはあいつが撮るような、エレファントカシマシが聞こえてきそうなチャラーッとしたエロ映画やらつくる気はさらさらないっちゃけん——なんや?」

「もうすっかりその気やん」

「はあ?」

「エレファントカシマシが聞こえてこん映画やったらつくる気満々なんやろ?」

「うっ、それは……」

「やってみたらいいやん」藤丸はソファに巨体を沈めなおし、ビールをすする。「脚本やらべつに東京に住まんでも書けるっちゃし。誘ってもらえるうちが華ぜ。それに今年咲いた花が来年もまたおなじように咲くとはかぎらんしな」

「それ、やめろって言いよろ」わたしはやつの頭をはたく。「おれはおまえのためを思って言ってやりよっつぇ、あたりまえのことをえらそうに言うやつは嫌われるっちゃけんな」

「善き行いより、善き評判に意を用いる者にわざわいあれ――byメルヴィル」

「あっ、この歌知っとう！」部屋の隅っこで3DSにのめりこんでいた甥っ子がテレビに食いつく。「これ、AKB48やろ。おじちゃん、AKB48好き？」

「AKBもAKBが売れとる日本という国も大嫌いやね。それより、あれから聡から電話あった？」

「ううん」

「なんやりようとや、おまえ？」

「スーパーマリオブラザーズ2」

「え、マジで？　お母さんに買ってもらったと？」

「うん」

「ちょっと見してん」

　裕樹がやってきてわたしの膝にぴょんっと飛び乗る。

　マリオは水のなかにいて、ときどき火の玉をビョッビョッビョッと投げながら、でかい魚をかわしてスイスイ泳いでいく。

「じゃあ、千紘からなんか聞いてない？」

「なにを？」

「聡のことたい」

「べつに……うーん、スターコインってどこにあるとかいな？」

裕樹がそう言うと、まるでイタリア人のマフィアが椅子に縛られている男にむかって「さっさと金の在り処《あか》を吐いたほうが身のためだぜ」と言っているように聞こえる。

「そうそう、聡で思い出した」藤丸は自分のバッグを手繰り寄せ、なかから写真を数枚ひっぱり出す。「この一週間に関しては、岩佐まち子は……おい、裕樹の耳をふさげ——岩佐まち子はセックスをしとらんね」

「はあ？」

やつは顎で写真を指す。

「なんや、この写真？」青いグラデーションがついた人影に見える。「これが岩佐さんや？」

「サーモカメラぜ」と、自慢げに小さなカメラと iPad を取り出す藤丸。「ＳＡＲＳが流行《はや》ったときに空港とかに備えつけられとったろうが」

「買ったと？　いくらしたと？」

「四十万弱かな」

「四十万！　馬鹿か、おまえ！」

「マイナス二十度から千五百度まで温度域を設定できるっつぇ」

「なんに使うとや、こんなもん？」

「このカメラをタブレットにつなぐとやね」そう言って、さっさと実践してくれた。「ほら、赤外線でものの温度が映るったい。温度が低かったら寒色系、高かったら暖色系のサーモグラフィがあらわれるっちゅうわけやね」

「オカマってなん？」と、ゲームとテレビに等しく情熱をそそぎながら裕樹。「ねえ、おじちゃん、オカマってなん？」

「ＩＫＯさんみたいな人のことたい。知っとうや、ＩＫＯさんって福岡の人ぜ。なんや、おまえ、そんなことしてなんが楽しいとや？　金が余っとるんならおれにくれ」

「カメラの目はごまかせんけんね」藤丸は心底楽しそうにくすくす笑いながら、「まず人の体温くらいの温度を基準に設定するやろ？　それでラブホから出てきたばっかの女を写すとやね、股間のあたりがぼーっと赤いっつぇ」

「マジでか？」過去に経験した手ひどい失恋のことは前述したが、それがこの男の性格をここまで猟奇的にゆがめてしまったのか。「てゆーか、怖っ！　おまえ、キモっ！」

「元旦那が連絡してきたっちゃろ？」

「やけんなんなんや？」

藤丸が裕樹にむかって顎をしゃくり、わたしは甥っ子の耳をふさぐ。

「セックスするかもしれんやろ？」

「元旦那ぜ！　いやいやいや、それはないやろ。女って、ほら、別れた男とは絶対にそういうことはせんって言うやん」

「けど、奈津子みたいな例外もあるやん」

「ふむ、言われてみれば……って、呼び捨てにすんなって」

「けど、安心しろ。この一週間に関しては、岩佐まち子はシロやけん」

「おまえ、いったいいつこの写真を撮ったとや？」わたしは岩佐まち子のサーモグラフィ写真をめくり、彼女の股間のあたりがぼーっと赤くなってないことに胸を撫で下ろす。

「彼女の家ば張ったとや？」

「ほとんど毎日仕事からまっすぐ家に帰っとったみたいやね。おれは彼女と別れたあと車で先回りして、なんもない日は十時ごろまで張っとった。子どもがおるし、実家やけん、十時すぎてから男と会いに出かけていかんやろ？　一日だけ十二時すぎに帰ってきたけど——」

「どれや？」

「……………」

「おい、どれやって？」

藤丸はわたしの剣幕にたじろぎ、一葉の写真に指をおく。

わたしは眼光紙背に徹するほどその日の岩佐まち子を凝視し、それから藤丸に食ってかかる。

「あっ、だれかきた！」

「えー、いまめっちゃ食いついとったやん」

「貴様、岩佐さんを侮辱したら許さんけんな」

このときドンピシャのタイミングで呼び鈴が鳴り、つづいて玄関の扉が開いて小夜子が入ってきたのだが、もちろん裕樹は母親の気配を察して喚声をあげたわけではない。3DSの緑色のランプが点り、甥っ子の「すれちがいMii広場」にだれかが遊びにやってきたことを知らせたからだ。

「ニンテンドー、すげえな」藤丸が感心してうなる。「もう十時すぎぜ、こんな時間でも3DS持ってうろついとうやつがおるったい」

よだれを垂らしながらボタンを連打し、新しい仲間をゲーム機に迎え入れる裕樹。

「おお、こいつ、二回目やん」と、わたし。「つぎからメッセージを送れるって書いとうぜ。よし、裕樹、なんか悪口を書こうぜ」

「藤丸さんもきてたんですか」妹は上がり口のところから息子を呼ぶ。「さ、裕樹、遅くなったけん早く帰ろ」

「ちょちょちょ」新しい仲間をゴーストのところへ送りこむのに忙しい裕樹は、ぐずぐずとわたしの膝から降りようとしない。「もうちょっとで倒せるけん」

「お兄ちゃん、今日は裕樹を見てくれてありがとう」

「おまえ、裕樹にゲームのソフトば買ってやったと？」

「なん？」

「ゲームさせるのにあげん反対しとったやん」

小夜子が用心深く口をつぐむ。

「なんかいいことでもあったと？」わたしは追訴の手を緩めない。「てゆーか、今日ほんとに正樹くんに会いにいっとったとや？　復縁すると？」

「なんが言いたいと？」

「おまえ、男がおるっちゃなかろうね？」

「はあ？　そんなわけないやん……てゆーか、お兄ちゃんに関係ないやろ」

「アキモト先生ってだれ？」と、裕樹。

「ＡＫＢを働かせてしこたま儲けとうおっさんたい。何億も稼いどうっつぇ。おまえもちゃんと勉強していい大学に入ったら、将来はアイドルを食いものにできるようになるけんガンバレよ。おい、藤丸、そのカメラば貸せ」

「その赤いボタンが電源やけん」

カメラを構えて妹にむけると、たちまちタブレットの画面に『プレデター』のようなサーモグラフィがあらわれる。

「ああっ、やっぱり！　おまえ、まっかっかやないか！」

「おほぉお、これはこれは」藤丸がニヤニヤしながらかぶせてくる。「まあ、この世には男と女しかおらんけんねえ」

わたしはやつの頭をはたかないばかりか、いっしょになってニヤつく。

「なん、これ？」もとより子どもはこの手の画像が大好きなので、裕樹もゲームそっちのけでタブレットに食らいつく。「これ、お母さん？」

わたしたちは悪い宦官《かんがん》のようにほくそ笑み、さあ、だれかなあ、なんでここだけ赤いのかなあ、などとトボけ、思わせぶりな態度で小夜子を挑発する。

「なん？　感じ悪いっちゃけど」

「おまえ、正直に言えよ」わたしは甥っ子の耳をふさぎ、「セックスしてきたろ？」

「は、はぁあ!?」真っ赤になって取り乱す小夜子を、サーモグラフィが十全に捉《とら》える。

「な、なん言いようと……そんなことするわけないやん！」

「そげん照れんでもいいやん」と下手に出てやったにもかかわらず、小夜子のやつがわたしのことをゴクツブシだの無職だのとくそみそにけなすものだから、こちらとしても黙っちゃいられない。「ネタはあがっとうっちゃけんな、この好き者！　罰当たり！

おまえのせいで裕樹はその男に虐待死させせられるっつぇ！」

「裕樹！」恥知らずの妹はぐずる息子をどやしつける。「帰るよ！　ずうっとゲームばしとったっちゃろ、しばらくゲーム禁止やけんね！」

「えーー！」わたしと甥っ子の声が重なる。「ゲームは関係ないやん！」

わたしの掩護《えんご》で勢いづいた裕樹が「ウゼぇ」とつぶやいたのを聞きとがめ、小夜子はますますキーッとなる。

「もう二度とさせんけんね！　ゲームばっかりしとうけん、そんな悪い子になるとよ！」

「お母さんだってせっくすしとうやん！」と口ごたえする裕樹は、小一にしてすでに「ファック・オフ！」と叫ぶガンズ・アンド・ローゼズの風格をたたえている。「お母さんは好きなことやりようのに、なんでぼくだけゲームしたらいかんとね！」

「お、お兄ちゃん⁉」と、矛先をこちらにむけてくる。「もう二度とうちの子に近づかんで！」

「裕樹、今度お母さんがわけのわからんことを言ったら『子どもは親を選べんとよ』って言ってやれ」

力強くうなずく我が甥っ子。藤丸が、おまえも成長したな、という感じでわたしの肩をたたく。

「裕樹！　早よ来なゲームば捨てるけんね！」

「心配すんな、おれが3DSばあずかっとっちゃる」しぶしぶ膝から降りる裕樹の頭を、わたしはぐしゃぐしゃにする。「バリバリすれちがって『すれちがい広場』をいっぱいにしとっちゃあけんな」

小夜子は息子の背中を小突き、わたしに暴言を吐き、ドアをたたきつけるようにして閉める。

「で？」と、わたし。「どこまで話したっけ？」

「岩佐まち子を侮辱したら許さんってあたり」

「そうそう、許さんけんな」

「別れた旦那さん、千葉の人って言っとったな」冷蔵庫のビールを取りに立つついでに、藤丸は思い出したようにつけ加える。「十代のころ少年院に入っとったらしいぜ」

10　ラブコメといえど、突破口を切り開くためには流血をも辞さない

午前中いっぱい机にむかって脚本を書こうとするも、二時間かけて「文明が崩壊したあとのアメリカ」と書いただけで燃え尽きてしまう。六年前、新人賞のコンペティションに出したときはもう一文字たりとも手直しするところはないと思っていたのだが、脚本というものは書きこめば書きこむほど未完成になるようだ。

そこで裕樹のスーパーマリオブラザーズ2をやってしばし現実を忘れることにしたのだが、気がつけばどうあがいても試写に間に合わない時間になっていた。

仕方がないので、全身全霊でクッパを倒しにかかる。で、あと一撃でマリオの勝ちという重大な局面で着信音が鳴ったのだった。

「くそ」だらしなくクッパに踏みつぶされたマリオが、面食らったように跳び上がって絶命する。「なんでボス戦はセーブできんとや」

ステージをクリアできなかったことに腹を立てながら電話に出ると、わたし以上に不機嫌な声でなぜ試写に来ていないのかと詰問されてしまった。

「あっ、いや……今日はちょっと具合が悪くて……」

いますぐ来いとだけ下命すると、百合子伯母さんはいつものようにこちらの都合などおかまいなしに電話を切る。

「じゃあ……」ステアリングをさばきながら、わたしはおっかなびっくりルームミラーをのぞく。「百合子ちゃんの会社、つぶれるかもしれんと?」

口を開くまえに、後部座席の百合子伯母さんは脚を組み、あの長いシガレットホルダーをくゆらせる。

「それをこれから相談に行くったい」

「でも、ハリウッドのほうで日本側の宣伝会社を変えるって言ってきとうっちゃろ?」

「またうちの宣伝作品が流出してしまったけんね」

怨念のような薄い紫煙が漂うなか、わたしは百合子伯母さんのレクサスを国道三号線に入れ、車の流れにのせる。

「でも、中国のサイトにアップされたのって、百合子ちゃんの会社の作品だけやなかろうもん?」

「まあね」

「やったら、ハリウッドのほうもそんな無茶ぶりはせんっちゃない?」

「うちが扱っとう作品がだれも見んような単館系ばかりやったら大丈夫かもしれんけど、大手の作品となるとね……」

残りの言葉は、溜息に押し流された。

伯母さんの言うとおりだ。著作権の侵害を国民の基本的人権と見なしている中国のような国から映画を守るために、大作はぎりぎりまで試写しないことがよくある。福岡のような第三の都市では試写をしないこともしばしばだ。ハリウッドが日本での試写を全面的に禁じることはないと思うが、今後は東京と大阪にかぎるという可能性もなきにしもあらずだ。となると、さしあたっての危惧《きぐ》は——

「じゃあさ、おれの雑誌のほうの仕事も減るかもしれんよね。だって、ほとんどが百合子ちゃんの会社からの紹介やもんね」

「仕事、いまどんな感じ？」

「フリーペーパーの連載が三本と西陽新聞での週イチの連載みたいな」

「食べていけとうと？」

「まあ、サラリーマンのときの貯金を食いつぶしながらやけど」

「連載がなくなったら飢え死にするしかないって必死でアピールしい。犬みたいに這いつくばって靴のひとつも舐めてやったら、相手も無下にはせんやろ。大丈夫、あんたならだれよりも上手《うま》くできるけん」

東光《とうこう》を左折し、都市高速の下をとおって空港通りに入る。車の流れが緩慢になり、道路は赤いテールランプに埋め尽くされていた。

「あんたをはじめて映画に連れていったときのことを憶えとう？」

「ちょちょちょ……やめてよ。すでにむかしを懐かしむモードに入っとうやん。大丈夫って。日本は市場的にでかいけん、すぐもとどおりになるくさ」

「むかしはちっちゃな映画館がいっぱいあったとよ」

「センターシネマ、天神映劇、テアトル天神、テアトル西新、西新アカデミー。なんべんも聞いたし。で、おれがセンターシネマで迷子になったって話やろ？」

「動いたらいかんって言うのに、あんた、むかしからいっちょん人の言うことを聞かんっちゃけん。トイレから帰ってきたらもうおらんっちゃもん」

「で、途方に暮れとったらスクリーンに百合子ちゃんの名前が出たっちゃろ」

「忘れもせん、『百合子ちゃん、迷子をあずかっております』。どんだけびっくりしたか」

「百合子ちゃんに似た人が通路を歩いていったとよ。百合子ちゃんと思って追いかけたら、ぜんぜんちがう人やった。あんとき、なんがかかっとったと？」

「『バタリアン』やったかな」

墓場から蘇《よみがえ》ったゾンビたちが人の脳みそをバクバク食う映画だ。ロメロのゾンビと際立って異なるのは、バタリアンは頭を破壊されてもけっして死なないこと。たとえ細切れにされても動きつづける。この作品のおかげで、あつかましいおばさんのことを指す「オバタリアン」なる流行語まで生まれたが、その新語を口にしたわたしが叔母たちに小突きまわされたのは言うまでもない。

「センターシネマみたいなリバイバル上映館は福岡にはもうないねえ。百合子ちゃんのいちばん好きな映画ってなん?」

「なんかなあ」伯母は窓外に顔をむけ、「でも、思い出すのはむかしの映画ばかりやねえ、『チャンプ』とか『ジョーイ』とか」

『チャンプ』のほうは落ちぶれたボクサーの父親がけなげな息子のために、そして『ジョーイ』のほうはアメフト選手の兄が白血病の弟のために闘う号泣ムービーだ。

「ふぅん」年をとったのではないか、とは言わぬが花である。「最近の映画はあんまり観んと?」

「あんたがヤリ損ねた花谷がよろこんで観とうよ」

「ちょちょちょ、人聞きの悪いことを言わんでよ」

「ろくな映画がないしね」

「でも、べつに映画自体が面白くないわけやない」わたしは言った。「面白くないのは映画を観ることになんの意味もなくなってしまったこと——みたいなことを、試写室に来とうおっさんがぼやいとったな」

「だれ？」

「梅津さん」

「ああ、ピカデリー・ビルのオーナーの？」

「え、マジで？　ウメさんってピカデリーのオーナーなん？」

「知らんかったと？」

「だって、だれも教えてくれんし」

ウメさんと中国人の怪しげな取り引きがフラッシュバックする。試写室のオーナーなら、だれにも気づかれずに映画を盗撮できる。

てゆーか、盗撮し放題だ！

疑惑が回転寿司《ずし》のようにつぎからつぎへと目のまえを流れていく。高柳映写技師に一物をいじる手をちょっと止めてもらって、ビデオカメラの録画ボタンをぽちっと押してもらうだけでいい。画質はもちろん悪くなるが、中国人がそんなことを気にするとは思えない。

わからないのは動機だが、ここは中年の危機とでもしておけばいい。よくできたサイコ・スリラー映画では、犯人の動機は深遠すぎて（もしくは単純すぎて）だれにも理解できないのがふつうだ。ハンニバル・レクターを見よ。『ミザリー』のキャシー・ベイツを見よ。

してみるに、動機というやつはわたしが思うほど重要ではないのではなかろうか？　わたしの脚本は文明が崩壊したあとの人間のありようを描いたものだが、主人公のジャックは言葉探しの旅に出る。思案がつかないのは、そもそもなぜジャックの共同体では言葉探しがイニシエーションとなりえたのかということ。

ふむ、ここのところはもっと単純に、いっそのこと割愛してしまってもいいのかもしれないぞ。

すぐれたモダン・ゾンビ映画が描かんとするのは人間模様であって、ゾンビそのものではない。それとまったくおなじ理由で、わたしが描きたいのも終末世界《ディストピア》そのものではなく、既存の価値観が崩壊した世界での、人間の生き様なのだから。

だから、ジャックは旅をする。生き残るために。それでいいじゃないか。

福岡空港第二ターミナルで百合子伯母さんを降ろしてから、駐車場に車を置く。

これでわたしの役目は終わったはずだから、このまま帰ってもよいのだが、それでは伯母を不機嫌にさせてしまう。

わたしはいつも不思議に思うのだが、女性が男性にたのみごとをするとき、まるで仔《こ》犬《いぬ》にボールを放ってやったような態度に出るのはなぜなのだろうか？　仔犬がいまやっていることをすべて中断してボールをひろってくるだけでなく、心の底からうれしそうにひろってこなければ、女たちはけっして納得しないのだ。

車を降りるまえに裕樹の3DSをチェックする。すごいぞ、「すれちがいMii広場」に新しいお客さんが十人も来ているじゃないか！

わたしは、いつもわたしを使いっ走りに使う百合子伯母さんに腹を立てているので、自分がけっして従順な仔犬などではないことを自分自身に証明するために、このまま沖縄時間をカマしてやることに決める。十分くらいなら、殴られることはないはずだ。

わたしは新入りの「Mii」たちを魔王のところへ送りこむ。こいつを倒せば、裕樹の「Mii」は新しい帽子をゲットできるのだ。仲間とコンビを組んで魔王に気持ちよく正義の鉄槌《てっつい》を食らわせていると、不意にスマホが鳴りだす。反射的に百合子伯母さんからだと思い、周章狼狽《しゅうしょうろうばい》しまくってゲーム機を取り落としてしまう。

「あわあわあわあわあわ……」

三コール以内に出なければ殴られるという強迫観念に取り憑かれ、手が激しくふるえだす。

「お、百合子ちゃん……もう、いまどこにおると？」とっさに責任転嫁を図る。「めっちゃ捜してしまったやん」

「――――」

「あっ、岩佐さん？」うれしさよりも安堵《あんど》のほうが遥《はる》かに大きいのは、なんとしても悲しいことだ。「ちょちょちょ……ちょっと落ち着いて話して」

「――」

「えー、また？」

「――」

「わかった。連絡してみるけど、千紘は今日歌のレッスンやけん、母親が学校に迎えに行っとうはずやん」

「――」

「うん、それにもし聡が来とったら、おれんとこに連絡があるはずやし」と、ここである疑問が浮上する。「聡の学校から何時に連絡があったと？」

「――」

「なんですぐおれに連絡せんやったと？　もう五時すぎやん」

明らかに言いよどむ岩佐まち子。

「とにかく、千紘に連絡してみる」だから、いまはそれ以上追及しないことにする。

「すぐ折りかえすけん」

希美のケータイを鳴らす。

「おう、おれおれ」

「――」

「だれがオレオレ詐欺や！」どやしつけてやった。「千紘、いまレッスンやろ？」

「――――」

「こないだ千紘ば待ち伏せとったガキがおったろ？　あいつがまた今日学校に行っとらんらしいったい」

「――――」

「おお、なんかあったら連絡して」

通話を切り上げ、岩佐まち子に折りかえそうとしたところで、ふと思い立って藤丸に電話をかけてみる。

「おう、おれおれ」

「――――」

「うんこちゅう？」どやしつけてやった。「いらんこと言うな！」

「――――」

「それより、今日岩佐さん仕事に来とった？」

「――――」

「早退？　何時ごろや？」

「――――」

「わかった」

追いかけてくる藤丸の声をぶつ切りにしたとたん、待ってましたとばかりにスマホが鳴る。

「あっ、百合子ちゃん」

「☠☠☠」

「いやいやいや、ちょっと腹が痛くなって……」

「☠☠☠」

「うん、すぐ行くけん」

冷汗を拭き拭き、３ＤＳをひろい上げ、車を出てターミナルビルを目指す。早足で歩きながら、岩佐まち子に電話をかける。

「あっ、松田です」車をやり過ごし、道路を渡ってビルに入る。「うん、今日は千紘のところには行っとらんみたいやね」

「――――」

「警察に届けたほうがいいっちゃない？」

「――――」

「じゃあ、なんかあったら連絡するけん」

エスカレーターを駆け上がり、百合子伯母さんの待つレストランへ急行する。

ブラックコーヒーをまえにしてシガレットホルダーで煙草を吸う伯母は、まるで映画のスチール写真のようだった。孤高にして至高の女。遠目にも、男たちの心を鷲摑みにしていることがわかる。ウェイターはビールをこぼし、わたしのまえにいた中年男性は前方不注意で柱に激突し、テーブル席の男性諸氏は奥さんや恋人のただならぬ殺気にすら気づかず伯母に見とれている。

女性のほんとうの美しさは内面からにじみ出るものだと言うが、問題はほとんどの男が内面などまるで見ちゃいないということだ。

保安検査の長い行列にならぶ百合子伯母さん。

明後日にはまた迎えに来なければならないのに、わたしは立ち去りもせず、それどころか名残惜しそうにその背中を見送る。万一ふりむかれたときに名残惜しそうに手をふってやらないと、あとが怖いからだ。

黒澤明《くろさわあきら》はカメラに写らない細部にまでこだわる人だったと聞く。たとえば、ぜったいに写りっこない簞笥《たんす》のなかにきちんと洋服をしまわせた。そういう細かいことが積み重なって、リアリティというものが生まれるのだろう。

その伝でいくと、わたしのやっていることも、あながち無駄にはならないはずだ。いつの日か百合子伯母さんにわたしの努力が伝わって、人間として扱ってもらえるようになるかもしれない。

そうは言っても、なにもせずにただお見送りをしてやるほどわたしも暇ではない。こまめに3DSをチェックし、新しい仲間が増えてやしないかと胸をときめかせる。

わたしにはそうするだけの理由がある。「すれちがいMii広場」ではすれちがった「Mii」の名前だけでなく、趣味や簡単なメッセージ、そして出身都道府県までもが表示される。新しい都道府県からやってきた「Mii」とすれちがうたびに日本地図があらわれ、それまで空白地帯だったその都道府県が埋まっていくという趣向なのだ。

そして、ここは空港だ。

が、何事もわたしの思い通りに運んだためしがない。いっぺんに日本地図を完成させて裕樹に自慢してやろうと思ったのだが、わずかに沖縄と奈良が埋まっただけで、あとは地元の田舎者がぽつぽつ迷いこんでくるばかり。二回目、三回目のやつもいる。

改めて福岡という街の小ささを痛感せずにはいられない。小一の裕樹が家の近所ですれちがったやつが、いま、この瞬間、この場所にもいるなんて！　この「サトシ」というやつもそうだ。すれちがうのは今日で三回目。

人は気づかぬうちに、何度もおなじ人とすれちがっているのだろう。もしかすると運命の人とだって、実際に出会うまえに幾度となくすれちがっているのかもしれない。「すれちがいMii広場」はそこのところを教えてくれる。金城武《かねしろたけし》の『ターンレフト・ターンライト』では恋するふたりがおたがいのそばをすれちがうばかりで、クライマックスまでいっこうに出会わない。もし金城武が３ＤＳを持っていたら、あそこまではがゆいことにはならなかったはずだ。

ボタンをたたく。「サトシ」が裕樹個人にあてたメッセージは「生ハム、ちょーうまかった、またあそぼうね！」

「あれ？」

さらにボタンをたたくと、ペンギンの帽子をかぶった「サトシ」が手をふり、「ぼくはニュージーランド生まれなんだ、夢は空を飛ぶこと」などと言う。

顔をあげて、あたりを見まわす。

まるで想い姫との今生の別れに瀕した金城武のように、すべてがわたしを中心にぐるぐるまわりだす。保安検査を待つ人の列、カタカタと回転する出発時刻掲示板、行き交う人の流れ、ベンチの人たち、出発時刻と便名を呼ばわって搭乗を急《せ》かす航空会社の職員――百合子伯母さんの怪訝《けげん》そうな顔が視界からこぼれ落ち、わたしの視線は売店に入っていこうとする白いスポーツウェアの男にしゅっと吸い寄せられる。いっしょにいる男の子はランドセルを背負っている。

「聡！」何度か叫んでみたが、ちっともふりむいてくれない。そこで、機転を利かせてみた。「千紘！」

とたん、まるで見えない手に頭でもはたかれたみたいに聡がきょろきょろした。

「聡！」わたしは人混みをかき分けながら駆けつける。「おい、聡！」

「あっ、裕樹くんのおじちゃん！」

聡もランドセルを揺さぶってよたよたと走ってくる。

「こんなところでなんしようとや⁉」フロアに膝をつき、聡の肩を摑まえる。「お母さんが心配しとったぜ！」

わたしの剣幕に目を白黒させている聡の背後に、白いスポーツウェアの男がすっと立つ。胡乱《うろん》なサングラスをかけているのでしかとはわからないが、その丸ぽちゃの顔はイメージ的に『江南《カンナム》スタイル』を歌っているあの韓国人にそっくりだ。

「だれ？」

わたしと江南スタイルの人が同時に質問を発したせいで、聡はますます畏縮してしまう。

「えっと……お父さん……です」

「お父さん？」わたしは立ち上がり、男と対峙《たいじ》する。「お母さんはおまえがお父さんとおるって知っとうとや？」

眉間にしわを寄せた男が、聡をかわして出張《でば》る。

わたしは彼をにらみつけながら、目の端で味方になってくれそうな人を探す。この男がかつて少年院に入っていたという事実を思い出し、冷たいものが背筋を流れ落ちる。

首に巻いた太い金のネックレスが一触即発の空気に趣を添えていた。

くそ、警備員はどこだ⁉

息を大きく吸いこみ、いざというときに備えて大声を出す準備を整える。男のサングラスがギラリと光る。足を踏み出し、ぐっと腰を沈める。

「なんか、貴様！」わたしはさっと腕で顔をかばう。「やるとや⁉」

「あ、はじめまして」そう言って、相手のほうが先に頭を下げたのだった。「聡の父です」

「え？　ああ……」そこで、わたしもすかさず日本人らしくお辞儀をかえす。「あ、はじめまして。えっと、聡くんの友だちの裕樹の伯父です」

「え？　聡の友だちの……」聡の父親は目を天井にむけ、わたしと聡の関係を口のなかでぶつぶつ復唱する。「え？　あなたが聡の友だちなんですか？」

「は？」

「いや、だから、裕樹くんの伯父さんが聡の友だちなんですか？　それとも裕樹くん本人が聡の友だちなんですか？」

「あ、えっと……聡くんの友だちは裕樹のほうで、ぼくではありません」日本語がむずかしいのか、この男が阿呆なのか、わたしにはなんとも言えない。「てゆーか、ぼくも自分では聡くんの友だちだと思っているんですけど……でも、もしぼくが聡くんの友だちなら……つまり裕樹ではなく、ぼくのほうが聡くんの友だちなら、ここで関係ない人の名前なんか出さないですよね、ふつう？」

聡の父親は、日本語がむずかしいのか、それともわたしが阿呆なのかを測りかねているような目をむけてくる。

「じゃあ、あなたは、聡の――」両手で言葉をひとつずつ運ぶようにして、「友だちの――伯父さん――なんですね？」

「はい」

「そうですよね。いやあ、おかしいなって思ったんですよ。あなたが聡の友だちなら、裕樹くんってだれだろうって思っちゃいましたよ。だいたい聡にこんな大人の友だちがいるはずがありませんしね、ハッハッハ」

「ですよねえ、ハッハッハ」

わたしたちは笑い合い、二人三脚で大きな誤解を解いた達成感を心ゆくまで味わう。

「よし、聡、『コロコロコミック』を買うか」

「うん！」

聡の父親は笑いながらぺこぺこ頭を下げ、息子といっしょに回れ右をする。聡がわたしにバイバイと手をふり、わたしも笑顔で手をふりかえす。

なかなか面白そうなお父さんじゃないか。サーフィンをやって、絵心もあって、ほっぺたにぐるぐる模様を描いてやりたくなるほど天真爛漫《てんしんらんまん》だ。聡があのお父さんといなくなってくれれば、岩佐まち子だってもっと自由に恋愛を楽しむことができるだろう。子どもを失った牝《めす》ライオンのように、発情さえするかもしれない。

「ちょーちょちょちょちょ！」わたしはあわててふたりを呼び止める。「お母さんに連絡するけんちょっと待て、聡！」

肩越しにふりむいた聡の父親は、つい三秒前とは打って変わって別人のようだった。恐怖に顔が引きつり、口を凶暴にゆがめている。いまにもポケットからナイフをひっぱり出してぺろりと舐めそうに見えた。殴りかかってくるか、さもなければ逃げ出すのではないかと踏んだのだが、結果、両方だった。どどどっと突進してきたかと思うと、やつはわたしの手からスマホをたたき落とし、そのまま息子の腕を掴まえて走りだす。

「あっ、貴様！」スマホがフロアの上を滑っていく。「待て！」

わたしは即座に追撃する。瞬時にトム・クルーズになりきる。『ミッション：インポッシブル』のテーマ（リンプ・ビズキットのバージョンだ）が頭のなかで鳴り響く。

相手は子ども連れで、思うように走れない。通行人にぶつかり、聡がすっころぶ。へッ、どんな映画でも、こういう場面ではガキはころぶもんなんだぜ。一気に加速して敵に追いつく。タックルをカマし、その鼻面に華麗なパンチをバシッと一発——というのがわたしの思い描く理想の展開だったのだが、嗚呼、むべなるかな、実際に飛びかかっていったわたしは、またしても籾殻《もみがら》のように吹き飛ばされてしまったのだった。

あまりのショックに、しばしびっくりしたウサギのように体が強張《こわば》る。

顔を殴られた！　口のなかに血の味が広がる。ちくしょう、顔を殴りやがった！　父にも殴られたことがないのに！（百合子伯母さんと母と真璃絵叔母さんにはある）

聡の父親はわたしが死んだかどうかたしかめるためにふりかえり、麻生太郎《あそうたろう》のようににやりと笑う。それから、ふたたび息子の手を引いて逃走を図る。

が、顔を戻した彼を待ち受けていたもの、それは腕を大きくうしろに引いた百合子伯母さんだった。

「むん！」

竜の雲を得るが如し、スティーヴン・セガールの指輪をはめた鉄拳がゴォオオオと風を切る。その風圧で空港じゅうの窓ガラスがビリビリふるえ、近くにいた人のカツラがポンッと吹き飛ぶ。

瞠目《どうもく》したわたしには、巨乳をゆする伯母の凛々《りり》しい打撃姿が、まるで『ストリートファイター』の春麗《チュンリー》のように輝いて見える。

殴り倒された聡の父親はサングラスが砕け散り、そのつぶらなドングリ眼《まなこ》をパチクリさせている。一拍遅れて、鼻血がドロッと溢《あふ》れ出る。

ううむ、知らぬ仏より馴染《なじ》みの鬼とはよく言ったものだ。

その鬼が冷たくわたしを見据え、とどめを刺せ、と言わんばかりに顎をしゃくる。そのむかし、近所の悪ガキに泣かされて帰ってきたわたしにバットを持たせ、「殺《や》ってくるか、あたしに殺られるか、ふたつにひとつやけんね」と励ましてくれたのがこの鬼だ。

　慈悲にすがるわけにはいかない。ここで殺らなければ、百合子伯母さんに殺られる。わたしは言いようのない恐怖に駆られ、七面鳥のような奇声を発して聡の父親に飛びつく。人格が入れ替わるくらい激しくぶつかり、もつれあってそこらじゅうをころげまわる。こっちが一発殴るうちに三発殴られる。

「無様でいいったい！」百合子伯母さんの檄《げき》が飛ぶ。「男っぷりの下げ方やったら、あんたに敵《かな》うもんはおらんっちゃけん！」

　その声に励まされて、わたしは赫々《かっかく》たる働きを見せる。すなわち、まろびつつ息子のもとへ這っていこうとする敵の脚にぎゅっとしがみつき、どんなに蹴られてもけっして手を離さなかったのである。

「貴様、こら、聡はぜったいに渡さんけんな！」

　で、すったもんだのあげく、ついに組《く》んず解《ほぐ》れつしているところを駆けつけた警備員に取り押さえられたのだった。

　見るも哀れな父親にすがりついて、聡がわんわん泣いた。わたしも似たり寄ったりのていたらくだった。

空港事務所へしょっぴかれていくとき、何事もなかったかのように保安検査を受ける百合子伯母さんの後ろ姿が垣間見えた。伯母には東京でつぎの戦いが待っているのだ。

開け放たれたドアから、廊下の壁に貼られた髑髏《どくろ》のポスターが見える。いろんな国の言葉で、麻薬を密輸したらただじゃおかないぞと脅しをかけているようだ。

午後七時ごろ取調室の外を岩佐まち子がよぎったが、まえだけをにらみつけていた彼女はわたしに気づきもせず、それきりなんの音沙汰もない。

「じゃあですね、最近の映画でなんがオススメですか?」

「うーん、そういう質問がいちばんむずかしいんですよねえ。ひとりで観るか、友だちと観るか、カノジョと観るかでちがってくるし、その日の気分にもよるし」

「カノジョっす」

わたしは適当に何本かみつくろい、若いおまわりさんがそれを手帳に書きつける。わたしの身柄は空港事務所から近くの交番にうつされていた。

ターミナルビルでの乱闘騒ぎの取り調べは正味三十分くらいで終わった(聡の父親をぶん殴った謎の美女に関しては、知らぬ存ぜぬで押しとおした)。しかし、そのあとが長かった。わたしが職業を明かすと、取り調べが怒濤《どとう》の勢いで映画のほうへ流れていったのである(「マジすか? その映画コラム、じぶん、毎週読んでますよ!」)。

「じゃあですね、いままででいちばん面白かったやつは？　じぶんは『スカーフェイス』っす！」

「そうですねえ」彼の挙げた作品から好みの傾向を割り出す。「じゃあ、ぼくは『アウトレイジ』かなあ」

「あー、じぶんもどっちにしようか迷ったんすよねえ！」

ほらね。

「じゃあ、いちばん好きな女優は？　じぶんは壇蜜《だんみつ》っす！」

というような会話がえんえん二時間ほどつづいたあとで、その若いおまわりさんは呼ばれて席をはずし、しばらくしてひどい興奮状態で戻ってくる。

「だれっすか、あれ？」と、まるで壇蜜でも見たかのように鼻息を荒らげている。「もんのすげえ美人が迎えに来てますよ、松田さん！」

「いや、だれにも連絡してませんが……じゃあ、もう行ってもいいですか？」

「はい、身元確認もできましたんで。今回は注意だけっすけど、このつぎはぶちこみますからねえ」冗談めかしてそう言ったあとで急に声をひそめ、「もうひとりの人、奥さんと鬼モメっすよ」

「元奥さん、でしょ？」

「いや、ちゃんと別れてないみたいすよ」

「…………」

「これって、とどのつまり夫婦喧嘩じゃないすか？　おれらもなんもできないんすよねえ」

「あっ、聡……子どもは？」

「うちの婦警が二階で遊ばせてますよ」

指紋のひとつも採られるのかと思ったが、そうはならず、わたしは取調室から解放されたのだった。

廊下に出ると、となりの取調室から怒鳴り合う声が漏れ聞こえた。

奇妙な感覚に囚われる。固く閉ざされた取調室のドアはこの世界とはべつのパラレルワールドとつながっていて、わたしがここで思いきって開けなければ、岩佐まち子はもう二度とこちら側に戻ってこられないのではないかと思った。焦燥感がわたしの首筋に息を吹きかける。掌がじっとり汗ばみ、ドアノブから目を離すことができない。おまわりさんがふりかえって声をかけてこなければ、わたしはドアを開けていただろうか？

「どうかしたんすか、松田さん？」

わたしは目をしばたたき、口のなかでもごもごとあやまり、小走りで彼に追いつく。

一歩一歩彼女が遠ざかり、世界が閉じてゆく。わたしは歯を食いしばっておまわりさんのあとについて廊下を歩き、受付で荷物をかえしてもらい、そして交番を出る。

ひとりぼっちで宇宙に放り出されたような寄辺《よるべ》のなさに、しばし『ゼロ・グラビティ』の断片が脳裏に去来する。宇宙に蹂躙《じゅうりん》されるサンドラ・ブロックが岩佐まち子とオーバーラップする。いまはもう彼女をサンドラ・ブロックに似ているとは思わないが、現実にもみくちゃにされているという点では、変わるところはないように思えた。

駐車場には真璃絵叔母さんのミニ・クーパーが停まっていて、暗いフロントガラスのなかで煙草の火口《ほくち》がぽっぽっと明滅していた。わたしが助手席に乗りこむと、叔母さんは窓から煙草を投げ捨て、煙まじりの溜息をつく。

「おっきい姉ちゃんから連絡があった」

「ああ、ね」

「あんたを警察に迎えに来るのはこれで二回目やね」エンジンをかけ、車を出す。「まえは藤丸が盗んだバイクに乗っとってパクられたっちゃんね。高二のときやったかいな？」

「……うん」

「あんとき、あたし、あんたになんて言った？」

わたしは目を伏せる。

「サツやらびびんな、ガンガンいけ」真璃絵叔母さんはにやりと笑い、わたしの髪をぐしゃぐしゃにする。「さあ、ゆっくり話を聞かせてもらおうかね」

頭が冴えて眠れないところにメールが入る。

岩佐まち子は今日のことをあやまり、聡を見つけてくれたことに対して礼を述べ、こんなに遅くなったのはいまのいままで旦那さんと話し合いをしていたからであり、ほんとうはまだちゃんと離婚してないことを打ち明け、しかしながら彼とはもう完全に終わっていることを強調し、もしよかったら近いうちに飲みに行こうと締めくくっていた。

電話をしたいという強い衝動をなんとか抑え、ベッドに寝そべって暗い天井を見上げる。

藤丸の話では、彼女は昼前に早退した。つまり、そのときにはすでに聡が学校に行ってないという連絡を受けていたわけだ。彼女がわたしのところへ電話をかけてきたのが午後五時すぎ。そのあいだ、いくらでも警察に届け出る時間があったのに、彼女はそうしなかった。なぜなら、心当たりがあったからだ。聡の居所に。

そして、信じていたからだ。江南スタイルが息子に危害を加えることはけっしてないと。聡だって警備員にしょっぴかれていく父親にすがりついて、あんなに泣いていたではないか。

さしたる根拠もなく、このふたりはよりを戻すにちがいないと思った。その疑念を打ち消すためにもう一度メールを読んでみたが、なんの慰めにもならなかった。あのとき、取調室のドアをぶち破らなかったことが悔やまれた。

しかし、いちばん悔しいのは、ほんとうはドアを開けるという選択肢など自分にはないと知っていることだった。わたしは映画を観るように物事を見ていた。どんなに深く心を動かされ、どんなに駆り立てられたとしても、岩佐まち子の現実とわたし自身の現実を重ね合わせることができなかった。

わたしと彼女のあいだに江南スタイルが立ちはだかっているのではなく、もしかすると彼女と江南スタイルのあいだにわたしのようなハイエナ野郎がうろちょろしているのかもしれない。映画が終わり、明かりがついたときの喪失感と安堵を、わたしはあきらめとともに受け入れるしかなかった。

「ううむ……どうしたとや、おれ」

ベッドから起き上がり、頭をポカポカたたき、それから下劣すぎてとびきり笑える『ムービー43』のDVDを観る。

ユーモアだ！

どうせ人生など一幕のパロディでしかない。だれかがとっくのむかしに何度も何度も繰りかえしてきたことの二番煎じ。わたしがこれまでに観、いまも観、明日からも観てゆく映画たちのように。

だからこそ、わたしたちにはもっともっともっともっとユーモアが必要なのだ。だって、ユーモアのないパロディなど、ただの猿真似《さるまね》ではないか。

11　束の間の幸せはつぎなる試練の序曲である

キングズ・アローのハッピーアワー・ビールを買った藤丸弘は、わたしのテーブルに着くなりこうくる。

「フェラチオっていつ日本に入ってきたとかいな？」

「なぬ？」

「いや、フィリップ・ロスの本にさ、大学時代にフェラしてもらえたのは一回だけだ、みたいなことが書いてあったけん。それも超人的な忍耐力で拝み倒してやっとしてもらえたらしいよ」

「いつの話や、それ？」

「一九五〇年代かな」

「で、それがおまえとなんの関係があると？」

「文化人類学的な興味たい。一九五〇年代のアメリカでフェラチオがふつうのことやなかったら、いつからあんなことがあたりまえになったとかいな」

「じゃあ訊くけど、おまえは大学時代にだれかにしてもらったことがあると？　風俗はぬきでぜ」

「…………」

「な？」わたしはビールを口に運ぶ。「そいつは大学生のときに一回しかしてもらえんかったかもしれんけど、ほかのやつもそうとはかぎらんやん。自分がモテんのを時代のせいにすんな」

「なんや、おまえ？」藤丸が目をすがめる。「なんでそげん強気とや？　なんかいいことがあったとや？」

「え？　いや……べつに」

やつの顔に邪悪な影が射す。やおらビールをあおり、人を見下したような薄ら笑いを浮かべ、デイパックから例のサーモグラフィ写真を取り出し、ロイヤル・ストレート・フラッシュのようにテーブルに広げる。

シャガールの絵のように青味がかった人影――その下腹部だけがぼわんと赤い。

「おまえ、どんだけ暇とや」

「先週の木曜の岩佐さんぜ」

「…………」

「ふん、残念やったな」と、藤丸が勝ち誇ったように言った。「とうとうだれかとセックスしたみたいやね」

先週の木曜日、岩佐まち子はだれかとセックスをした。

藤丸に言われなくても、そんなことはわかっている。身支度を整える岩佐まち子の後ろ姿を、わたしはいまだ信じられない思いでベッドから眺めているのだから。

彼女は藤色のシャツを羽織り、ジーンズを穿き、長い髪を一度全部まえに垂らしてから、パッと撥《は》ね上げてうしろに払う。

わたしは心中、快哉《かいさい》を叫ぶ。いや、そんなものでは、この歓《よろこ》びはとても表現できやしない。恋する羊飼いのように、彼女の名前を樹に彫りたい。バスケットから花びらをばらまきながら、そこらじゅうをスキップしてまわりたい気分だ。

まだ体が火照っている。

空港での乱闘の翌々日、わたしたちの関係は急展開を——死んだと思っていたやつがじつは生きていたというような、よくある予想外の展開を見せたのだった。

その日の試写が終わったあと、わたしはキングズ・アローでノートを広げ、ビール片手に例の脚本を書かなくてもいい理由をあれこれ模索していた。

ジャックのキャラクターがまだ固まってないし、ストーリーが抽象的すぎるし、『ダークナイト』のジョーカーばりに魅力的な敵キャラを創作できずにいるし、三十歳という自分の年齢、東京ではなく福岡に住んでいること、瀬戸笙平の映画に対する不平不満、邦画の予算の笑ってしまうほどのすくなさ、パソコンのキーボードの調子がよくないこと、あのどさくさで裕樹の３ＤＳをなくしてしまったこと——単品では説得力に欠けるが、これらの理由を全部寄せあつめれば、たとえ死ぬときに後悔することになっても、自分自身に言い訳が立つような気がした。書かなかったのではない、よんどころない諸事情により**書けなかった**のだと。わたしは孫たちに語り聞かせるだろう。後悔しとらんと言えば嘘になるがのお、しかし思いどおりにならんのもまた人生の妙味なんじゃよ。

そんなふうに言い訳ばかりしていたので、しまいには言い訳することに疲労困憊《ひろうこんぱい》し、頭がキリキリと痛み、岩佐まち子が店に入ってきたときには気分転換に脚本を書いていた。

彼女はまっすぐにわたしのテーブルにやって来た。わあ、偶然！　明るくそう言ったあと、しばし所在なくたたずみ、それから溜息をついて両手を広げたのだった。

「——ていうのは嘘で、ほんとは松田さんがいるんじゃないかと思って寄ってみた」

なにが起こったのかわからず、わたしはぽかんと口を開けて彼女に見とれていた。

「このまえはほんとにごめんなさい」

「あ、いや……べつに」

「松田さんがおらんかったら聡を連れて行かれとった」

わたしは曖昧にうなずく。

「あの人に殴られたっちゃろ？」

「ああ、たいしたことないし。それより、あの人どうなったと？」

岩佐まち子は首をふった。それがわからないという返事なのか、言っても仕方がないということなのか、わたしにはわからなかった。

「まだ手続きをしてないだけで、あの人とはほんとに離婚するつもり」

「そっか」わたしは頭に浮かんだことをそのまま口に出した。「でも、聡はあの人が好きみたいやね」

岩佐まち子は顔をしかめ、断固として話題を変えた。「なん書きよったと？」

「ああ……これ、ちょっと脚本を」

「へぇえ、すごい」そう言いながら、わたしのとなりに腰かけてノートをのぞきこんだ。

「どんな話？」

真新しい香水のにおいが鼻先をかすめ、わたしはひどく動揺し、そのせいでノートを取り落としてしまった。

それをひろい上げた岩佐まち子が、ぱらぱらとページをめくる。

こうなってしまってはもうどうしようもない。まさかノートをひったくるわけにもいかないし、彼女の破綻《はたん》した結婚生活を根掘り葉掘り尋ねるわけにもいかない。

わたしは降参し、あらすじをすこし話してやることにした。

「ジャックという男が文明の終焉《しゅうえん》したアメリカを旅する話なんやけど、途中でニムロッドという子どもと出会っていっしょに旅をすると。その世界では人間は共食いをしとうけん、ジャックも人を捕って食う。けど、そこでは人肉食いはあたりまえで、べつに悪いことじゃないっちゃん。でも、ニムロッドはぜったいに殺生をせんと。それを見て、ジャックは言い知れん恐怖を覚える」

「恐怖？　なんで？」

「自分とはまったくちがう存在やけん」

彼女はうなずき、わたしは内心小首をかしげる。あれ、そんな話だっけ？　ジャックは人を食べないし、逆にニムロッドはジャックを捕って食おうとする野蛮なガキだったはずじゃ？

「ニムロッドには不思議と神々しいところがある」わたしは物語を創《つく》りながら話しつづけた。「自分たちとはぜんぜんちがう世界に生きとる。ニムロッドを見て不安に駆られるのはほかの人もおなじで、やけんみんなニムロッドを殺そうとする。ジャックは自分でもよくわからんけど、ニムロッドを守るっちゃん。で、ある事件が起こって……ここんとこはまだ思いついてないっちゃけど、とにかくジャックはニムロッドの存在自体がこの世界を否定しとうことに気づく」

「ニムロッドは人間が失った恐怖の化身なんじゃないかな」

「え？」

「恐怖がなければ罪もない」彼女は思案顔で言葉を重ねた。「で、罪の意識がなければ神も存在しえない」

「うん。神が存在しなければ秩序も生まれんし、秩序が生まれなければこの世界をもとどおりにできん」

「ジャックはたぶん、人が人を食べる世界に疑問を持っとったとよ。自分でも気づいてないだけで」

「そうやね、やけんニムロッドを守ろうとする」

「この作品は哲学に逃げんで、具体的に書いたほうがいいと思う」

「なんで？」

「徹底的な具体化は抽象的で普遍的な意味を生むことがあるけん――」きょとんとするわたしを見て、岩佐まち子が破顔した。「まえの旦那の受け売り」

「ああ、ね」

「上手く言えんけど……サンハウスの『レモンティー』って歌があるやん？」

「『あなたと飲みますレモンティー』やろ？」

「それそれ」彼女はうれしそうに手をたたき、「レモン搾りをしつこく描写すると、ニるでセックスを描写しとうみたいになるやん？」

「ダブルミーニングやね」わたしは慎重に言った。「つまりジャックとニムロッドの関係は現代社会の——たとえば、善と悪を象徴しとらんといかんってこと？　つまり彼らの世界ではおれらの常識が完全にひっくりかえっとうけん、逆に現代の善悪の欺瞞《ぎまん》を浮き彫りにできるちゅうわけか」

「そう！」彼女は祈るように胸のまえで両手を組み合わせた。「松田さん、すごい！この話、ぜったいいいよ！」

不思議な感覚だった。

自分がこんなことを考えていたなんて、ちっとも知らなかった。わたしが自分でも気づいていない抽斗《ひきだし》の在り処を、岩佐まち子がひとつずつ指さしてゆく。そんな感じだった。話せば話すほど、物語が、自分が、整理されていくような気がした。

やがて物語が空中分解し、とりかえしのつかないことになっても、彼女は辛抱強くわたしの話に耳を傾けていたばかりか、自分なりの見解まで熱く述べてくれた。それから、開いたノートをすっとテーブルにおいた。そこには以前わたしが描いたメリル・ストリープの裸像があった。むっちりと挑発的なワンワンスタイルで、しかも乳首が星になっているやつ。

「あわあわあわあわ！」わたしはノートにおおいかぶさった。「ちょちょちょちょ、これはちがうっちゃん」

彼女が笑った。笑いすぎて喘息の発作を起こしたあの日のように。ほんとうに、心から楽しそうに。


そんなわけで、彼女はいまわたしの部屋にいる。

「もう帰らんといかんと？　うーん、もうちょっとおってほちーな」

「だーめ」ふりむいた彼女はにっこり微笑《わら》い、ベッドに戻ってきて唇にチュッとしてくれる。「お母さんに戻る時間」

「えー、聡とおれとどっちが大事と――」

彼女がすうっと冷たくなる。

「――とか言う男ってサイテーよねえ」

岩佐まち子は目で「もう二度とそんなこと言うなよ」と警告し、困ったような笑顔を見せて首をふる。

ふう、危なかった。化粧をなおす彼女をこそこそうかがいながら、わたしは心のスマホに「金輪際、聡と自分を比較してはならない」と打ちこむ。

もちろん先週の木曜日だって、岩佐まち子はわたしの部屋に泊まったりしなかった。

脚本から映画に話題がうつり、わたしたちはビールグラスを抱いておたがいのベスト

5を開陳した(彼女のベスト1はダリル・ハンナが人魚に扮してトム・ハンクスをたぶらかす『スプラッシュ』で、それを聞いたわたしは抜け目なくリュック・ベッソンの『グラン・ブルー』をベスト1に挙げておおいに株を上げた)。で、夜が更け、アルコールもまわり、ほどよい頃合で彼女がわたしの書こうとしている物語のアイデアはいったいどこから湧いて出たのかと尋ねたのだった。

自分でも驚くほどの素直さで、わたしはある作品を挙げた。ごくごく自然な流れで彼女がその映画を観てみたいと言いだし、わたしのほうは当然その作品を所蔵していた。

まあ、そういうことだ。

なんの映画かって？　残念ながら、それを親愛なる読者諸氏に明かすわけにはいかない。わたしたちがはじめていっしょに観た映画はわたしと彼女だけのものであり、もしそれを他人に言いふらしたりしたら、いったいわたしはどうやって彼女がわたしにとって特別な存在だと証明できるだろう。わたしたちの関係は映画ではない。よって、評論家の出る幕などないのだ。

ブログの更新をつつがなく終え、彼女の残り香がうっすら漂うベッドに顔をうずめて思い出し笑いをしているところに『ゴッドファーザー　愛のテーマ』が流れる。

岩佐まち子ではない(彼女なら『アナと雪の女王』が流れるように設定した)。

電話に出ると、百合子伯母さんが明日以降の自社宣伝作品の試写はすべてキャンセルになったと告げ、わたしが口をはさむ間もなく、アマゾネス企画をたたむことにしたと言って一方的に電話を切った。

12　値千金のひと言は妥協を許さない生き様の賜物である

「あんたを家に住まわせるつもりはないけんね」

食後のコーヒーを飲みながら、母はさらりとそう言ったのだった。

「べつにそんなこと言っとらんやろ」わたしはむっとして言いかえす。この歳になって親のスネをかじるはずがない。心外だ。しかし言われてみれば、ふむ、たしかにその手もなきにしもあらずだな。「おれはこの一週間で宣伝会社が三つも休業してしまったって話をしただけやん」

「そういう話の行き着く先はけっきょくお金やろ」

「いや、ほら、もしお父さんとお母さんが死んだら、いまの家と土地はどうせおれが相続せないかんやん？　やったら生前贈与してくれたほうが相続税とかいろいろ節約できるやろ」

母は、三十歳で失業し、自分の世界に引きこもってパソコンばかりいじっている救いようのない息子を見るような目でわたしを見る。こういう目つきにはもう慣れっこだ。

古くは私立小学校の受験に失敗したとき、わたしが発熱したせいで家族旅行がお流れになったとき、私立中学の受験に失敗したとき、バイクの無免許運転で捕まったとき、近年ではわたしが会社を辞めて福岡に帰ってきたときにもまったくおなじ目で見られた。

わたしたちは西鉄グランドホテルのシックなバー・ラウンジにいる。壁一面の窓からは初夏の陽射しと、そして水の流れる庭園を見晴らすことができる。

母とは数カ月に一度、こうして昼食をともにする。父のつくった生ハムやサラミをとどけに来てくれるついでに。

となりのテーブルの恰幅《かっぷく》のよい紳士たちが、さっきからちらちらと母を盗み見ている。大言壮語しているのは、おそらく母の気を惹こうという団塊世代の悲しい性《さが》からだ。ブラジルのファンドで数億儲けたという話をしては、顔を上気させた母が「ああ、その札束であたしの顔をぶって」とでも言いだしやしないかとこちらをうかがう。母が脚を組みなおすたびに話がぶつりと中断し、かわりに生唾を呑む音が聞こえてくる。

というわけで、お待たせいたしました。

浅井四姉妹の次女にしてあの百合子伯母さんの妹、そして真璃絵叔母さんと奈津子叔母さんの姉たる松田日登美《ひとみ》、そう、満を持して我が母の登場である。

母がほかの叔母たちと決定的にちがう点は、母性というものを欠片《かけら》も持ち合わせないことである。奈津子叔母さんがわたしにおっぱいを飲ませていたときも、真璃絵叔母さんがわたしに悪い遊び（酒、煙草、中洲の地下スロット）を教えていたときも、百合子伯母さんが気晴らしにわたしをぶったたいていたときも、母はなにも言わなかった。もっと言えば、見てさえいなかった。

だって、日本にいなかったのだから。

母にとっては父が世界のすべてであり、建築士として世界中を飛びまわっていた父にどこまでもくっついていくことこそ良妻の務めと心得、賢母などくそ喰《く》らえと言わんばかりにわたしと小夜子の世話を叔母たちに丸投げしたのだった。

スペイン、イタリア、フィンランド、メキシコ、ドバイ、エジプト、ケニア、ラオス——行く先々で母は現地の伊達男《だておとこ》に口説かれまくったが、ひとりとして母の万里の長城級の守りを突破できなかった。母が奈津子叔母さんじゃなくてほんとうによかった。もしそうなら、いまごろわたしには肌の色がちがう兄弟姉妹が一ダースほどもいることだろう。

十五のころから母はふたまわりも年上の父に夢中だったそうだが（奈津子叔母さん談）、どうやらそれを変えるつもりは一生ないらしい。いつまでも父にべったりで、げんにいまもわたしと話をしながら父に絵文字だらけのどうでもいいメールを打っている。で、父からの返信が十五分経ってもなかったら、そわそわして電話をかけることになる。その電話に父が出そびれようものなら、母はまるで息子が死にかけているんだと言わんばかりに周章狼狽してタクシーに飛び乗るだろう（もちろん、これは比喩《ひゆ》だ。わたしがほんとうに死にかけていたとしても、母のあわてる姿は想像できない。父のことをうっとり考えながら、地下鉄とバスを乗り継いでのんびりとわたしの死に目に会いにやって来るだろう）。

万一父がぽっくり逝こうもんなら（父は現在七十四歳だ）、白装束で後追いなどという古風なことをやらかしかねない女なのだ。

それを見抜いてか、父はわたしと妹をもうけることにした。子どもがいれば母にも理性の声が聞こえるだろうと踏んだわけだが、大誤算だったと言わざるを得ない。母に聞こえていたのは悪魔のささやきだけだった——子どもができたら愛する男といっしょにいられなくなるぞ、子育てでくたくたになって、女としての身だしなみも忘れ、ぶくぶく肥え太り、乳は垂れ、髪はほったらかし、パンツもでかくなる。男は何年もおまえを抱いてくれないくせに、裏では若い女とよろしくやってるんだぜ。実際、わたしを身ごもったとき、花盛りの十九歳だった母の念頭をよぎったのは堕胎の二文字だったという（百合子伯母さん談）。

「じゃあ、あんた、これからどうすると？」と、メールを打ちながら母。

「まあ、映画評は二カ月先まで書いとうけん、それまではいまのままかな」

「そのあとは？」

「映画泥棒の件が解決すれば、配給会社もまた福岡で試写をやると思う。そうすれば百合子ちゃんの会社だって再稼働できるし」

「解決せんかったら?」

「お母さんに迷惑がかからんようにどこかで野垂れ死にやね」

「馬鹿なこと言わんと」母はケータイから顔を上げ、愛《いと》しそうにわたしを見つめる。

「本気でそんなこと思っとうと? ああ、やっぱりあたしの育て方は間違ってなかったんやねえ!」

母の名誉のために言っておくが、この人はけっして子ども嫌いだというわけではない。父以外のすべてが嫌いなのだ。用事があって裕樹をだれかに預けなければならないとき、小夜子が母ではなく、いつもわたしのところへ連れてくるのはそういうわけなのだ。妹は知っているのだ。わたしなら裕樹を甘やかしてダメな人間にしてしまうかもしれないが、すくなくとも自分なんか生まれてこなければよかったと思うような卑屈な人間にしてしまうことはない。

と、出入口のほうがどよめき、団塊世代の紳士たちがいっせいにのけぞる。

ふりむくと、黒ずくめの男たちをしたがえた奈津子叔母さんが大きな尻をふりふり、大きな胸をゆさゆさ、ラウンジに入ってくるところだった。まぶしいほど真っピンクのスーツは『キューティ・ブロンド』のリース・ウィザースプーンを彷彿させる。その体はゴールデンウィークに会ったときよりもぐっと引き締まり、目は豹《ひょう》のようにギラギラしていた。

男を捕まえた目だ。

で、その新しい男というのが中洲界隈で風俗店を何店舗も経営しており、「あたしが欲しいなら誠意を見せて」とのたまった奈津子叔母さんにマンションとポルシェをぽんっと買いあたえたそうだ（真璃絵叔母さん談）。

「あ、じゃあ、おれはこれで……」

辞去しようとするわたしに、奈津子叔母さんは指ですわるように命じ、「あんた、このまえ空港で喧嘩したって？」

「………」

「真璃絵ちゃんがガラ受けしてくれたってね」ソファに腰を下ろすなり、いきなり火花を飛ばしてくるのだった。「あの女、まだちゃんと離婚しとらんかったたっちゃろ？」

「あー、うー」わたしは目をそらすが、今度は母のもの問いたげな顔が待っている。

「いやいやいやいや、今日も離婚の話し合いに行くって言っとったし……」

「やめとき」と、叔母さん。

「え、なんで？　胸が小さいけん？」

「あんた……」母がまるで汚いものを見るような目でわたしを見る。「女をそんなふうに見とうと？」

「ち、ちがうし！　おれがそう言ったわけやなくて……」

「ちょっと遊ぶくらいならいいけど」叔母さんが煙草をくわえると、黒ずくめの男がさっと火をつける。「真璃絵ちゃんの話じゃ、あんた真剣みたいやん。子持ちの女やらと結婚したら、一生もうなーんもできんよ。言っとくけど、ふつうの男みたいに働いて女房子どもを養うやら、あんたにはぜったい無理っちゃけん」

　わたしは奈津子叔母さんを信用しているので、奈津子叔母さんがそう言うならきっとそのとおりなのだろうが、もしも奈津子叔母さん以外の人がおなじことを言ったら、わたしはこう叫びだしていただろう。**もうおれのことはほっといてくれ！**

「なんでそんなことがわかると？」わたしは口を尖らせる。「やってみなわからんめえもん」

　黒服の男たちが一様にうなずく。

「わかるに決まっとうやん、馬鹿」と、叔母さん。「あんたはうちらが育てたっちゃけんね。あたしも真璃絵ちゃんもおっきい姉ちゃんも、あんたを太く短く生きるように仕込んできたとよ。会社を辞めるとき、あんた、真璃絵ちゃんに電話したやろ。『東京でのおれは死人も同然』て、『やりたいことをやれんかったら死んだほうがまし』て言ったよね？　真璃絵ちゃんからその話を聞いて、うちらの教育は間違ってなかったってうれしかったっちゃけんね」

　わたしは反駁《はんばく》を試みるが、実際に口を開いたのは母だ。

「ちょっと待って」と、抜き差しならない眼差《まなざ》しを奈津子叔母さんにむける。「好きな女のために一生を捧《ささ》げるののなんが悪いと？　それに『うちらが育てた』？　まるであたしがなんもしてないみたいやん」

「ちい姉ちゃん、実際なんもしとらんよね？」

「はあ？」キッとまなじりを決し、「なんでもあたしがやったやん。幼稚園の送り迎えもしたし、小学校の授業参観にもちゃんと行ったし、誕生日にケーキだって焼いたし」

「それ、小夜子のときやろ？」

「そ、それは……」

「杜夫のときは、どこやったっけ……ブラジルかどこかに行っとって、年に半分も日本におらんかったやん」

「でも……でも、日本におるときはちゃんと面倒を見たもん！」

「あたりまえのことをえらそうに言わんでよ。杜夫が生まれたときのことを憶えとう？」叔母の尖った赤い爪がわたしを指す。「お腹《なか》のなかで横向きになっとって、いっちょん出てこんかったけん吸引したやん。そのせいで頭にでっかいコブができとってさ。あんとき、ちい姉ちゃん、杜夫のことを抱こうともせんかったよね？　気持ち悪いとか言って」

ううむ、初耳。

「気持ち悪いって言ったのはあたしやなくておっきい姉ちゃんです」母もムキになる。

「あんただって『こんなエイリアンみたいなガキは生まれてこんほうがよかったっちゃない』って言ったやん。ちゃんと憶えとうっちゃけんね」

あっ、だからか、百合子伯母さんがわたしのことをあんなにひっぱたくのは。

「あたしは『ガキ』とか言ってないし！」

ということは、「生まれてこないほうがよかったエイリアン」とは言ったわけだな。

「あんたたちだって小夜子ばっかり可愛がっとったやん。あんたと真璃絵で小夜子に百人一首を暗記させてよろこんどったよね」

「それは小夜子のほうが頭がいいけんたい」

「杜夫がかわいそうやないと？」今度は母がわたしを指さす。「いつも妹とくらべられて肩身のせまい思いをして……ごめんね、杜夫、だれもあんたのことを馬鹿とか思ってないけんね」

そうかな、思ってないのかな？

「杜夫は大馬鹿たい！」叔母が声を張りあげた。「やけん可愛いったい。それに馬鹿やけん子持ちの女に惚《ほ》れたりするったい。あんなのぺーっとした女のなんがいいと？」

「杜夫はあたしに似て一途《いちず》なんです。あんたみたいにいつまでもふらふらしとらんったい」

「はあ？　あたしのどこがふらふらしとうって言うと？　言っとくけど、希美にはもう三人も子どもがおるっちゃけんね。あたしがちゃんと育てたけん、いい旦那を捕まえられたったい。杜夫みたいな甲斐性《かいしょう》なしやないけんね」

た、たすけてくれ……息も絶え絶えに見上げると、叔母さんのうしろに控えている黒服が眉尻を下げて同情を示してくれる。じっと耐えるしかありやせんぜ、坊《ぼん》。

「のぺーっとしとってもいいやん。べつにあんたが恥をかくわけやないっちゃけん」

「ちい姉ちゃんのほうこそ杜夫がかわいそうやないと？　ふつうの親なら息子には恥をかいてほしくないよね」

「いや、岩佐さんはそんな恥ずかしいような人やないし……」

わたしの声が小さすぎたのか、はたまたふたりのテンションがあがりすぎていたのか、とにかくわたしの発したささやかな抵抗は完璧に黙殺される。

母と叔母はそれからも人目をはばかることなく外聞が悪い言葉の応酬をつづけるが、全弾ことごとくわたしに命中する。

「子どもなんかどうにでもなるったい」と豪語する母は、まるで保険金の話をする奈津二叔母さんのように説得力がある。「どんな障碍《しょうがい》があってもその男について行くのがほんとの恋やろうもん」

「あたしは杜夫に苦労してほしくないったい」淫乱《いんらん》という点を除けば慎み深い奈津子叔母さんは、彼女なりのやり方でわたしを気遣う。「杜夫が子どものひとりやふたり、まとめて面倒を見れるような男やったらいいよ。けど、そうやなかろ？　自分の面倒もろくに見れんっちゃけん」

「あんただって子持ちやん。それでもいいって男がいっぱいおるとって」

「男のほうがよくても、あたしがイヤったい」

「ああ、わかる」

「あたしやったら杜夫みたいなのはぜったいに選ばんもん」

「それもそうやね」

これにはびっくり仰天して開いた口がふさがらなかった。

母と奈津子叔母さんは笑いながら、まるでやり手弁護士のように被害者と加害者の立場を逆転させる。すなわち、わたしの欠点をあげつらい、わたしのようなものに好かれて岩佐まち子もさぞや迷惑にちがいないという合意に達する。それから一秒でこの話をきれいさっぱり忘れ、午後の予定へと話題を変える。どうやらいっしょに買い物をしたあとは、奈津子叔母さんの新居に真璃絵叔母さんも呼んで、夜は父の生ハムをつまみに酒を飲むらしい。

すでに一週間ほど試写がない状態がつづいていたが、ひさびさに映画を、しかも四時間くらいある長い邦画を観てしまったような心神耗弱《しんしんこうじゃく》状態で、わたしは甥っ子のお迎えに自転車を走らせる。

暮れなずむ大濠《おおほり》公園の水辺で、残金のとぼしさに気づいて愕然《がくぜん》とする。

試写はぱったり途絶え、宣伝会社はＤＶＤを貸し渋っている。それでも、雑誌や新聞は映画の記事を必要としている。いま、この瞬間にもハリウッドやインドでは映画がつくられ、人々は「クイズ＄ミリオネア」の最終問題のようにわくわくしながら新作を待ちわびているのだ。

いったいどうすればいいのか？

答えは簡単。映画など観ずに、マスコミ用のプレスリリースからストーリーを切り貼りして適当に記事をこさえればいいのだ。みんなやっている。わたしだけがやらない理由はない。なにが悪い？

「あぁあ、なんべん死んだらわかるとや」

ついつい甥っ子にあたり散らしてしまう。こいつに３ＤＳを弁償したせいで、今月の残りを五千七百六十三円でしのがねばならない。

「この下手くそ、そこでマリオに壁キックさせな」

裕樹は舌打ちをし、ゲーム機のボタンを連打しながら肩でわたしの視線をブロックする。

よおし、そっちがそうくるなら、こっちにだって考えがある。わたしは大人ならだれもが一度は使ったことがある、子どもにはぜったいに反論できないあの手を打つ。

「目が悪くなるけん、あと十分でゲームは終わりね。あとピコピコうるさいけん音ば消して。まわりの人に迷惑やろ」

男親がいない裕樹には、きちんと叱ってくれる大人の男が必要なのだ。

男と女では、おなじ叱るでも、子ども側の受け止め方はまるで異なる。女親がいくら言っても聞かないときに男親がガツンと言ってやると、たいていの子どもはしゅんとなる。ただし、この場合の「たいていの子ども」というのは、家族に百合子伯母さんや母や真璃絵叔母さんや奈津子叔母さんがいない家の子どものことだ。

つまり、裕樹にはあてはまらない。いまはぶん殴られる危険が皆無だと知っている甥っ子は、わたしの言うことなど蛙《かえる》の面に小便、右から左に聞き流してピコピコとクッパに挑みかかる。

「おじちゃん、ブータンに行ったほうがいいよ」

「なんでや?」

「ブータン人の九十七パーセントが幸せやけんね」

「…………」

「ブータンの諺《ことわざ》に『ゆっくり歩けば、ロバでもラサまで行ける』ってのがあるっちゃけん。やけん、おじちゃんもイライラせんどき」

「なんやそれ、どっかでワンチュクが言っとったとや？」

「ううん、学校の先生」

「九十七パーセントやら数字のトリックぜ。どんな状況で調査したかわからんやろ？　ひょっとすると幸せって言わな殺される状況やったかもしれんやん。いいか、裕樹、そんな数字を鵜呑みにしたらひどい目に遭うぜ。ブータンが九十七パーセントなら、北朝鮮やったら国民の百パーセントが幸せって答えるぜ」

「とにかく、おじちゃんはブータンに行ってみたほうがいいよ。ブータンでは犬も幸せっちゃけん」

ああ、まち子に会いたい！

あの体を貪るように責めて、なにもかも忘れたい。あんなことをお願いするのは時期尚早だろうか？　ふふふ、こんなことをしてくれたら素敵だな。それくらいならみんなしてるって言ってみようかな？

ふととなりを見ると、裕樹がまっすぐわたしを見上げている。

「おじちゃん、もう幸せになったと？」

「はあ？」

「なんで笑いようと？」

「なぬ」わたしは手で笑みをぬぐい取る。「べつに笑っとらんし」

「笑いよったやん」と言う裕樹は、さながら「てめえ、いま笑ったよな」と因縁をつけるチンピラのよう。「なんかいいことがあったと？」

「やけん笑っとらんって」

「おじちゃん、このまえ聡くんのお父さんと喧嘩したっちゃろ？」

「だれから聞いたとや？」

「千紘」

なんなんだ、この家族は？

わたし以外の全員が LINE かなにかでつながっているのか？ たとえわたしが屁をこいたとしても、きっとまたたく間に知れ渡ってしまうのだろう。あんた、屁をこいたってね？ おじちゃん、このまえ屁ばこいたっちゃろ？

「あっ、ホームステイの人がおる」

わたしは甥っ子の指さすほうを眺めやり、「ああ、あの人たちはどこでもが家やけん、たしかにホームステイと呼んでも間違いやないけど、ふつうはホームレスって言うとよ」

空き缶をありえないくらい自転車に積んだその人が、こちらにむかってえっちらおっちら漕いでくる。賢そうな柴犬《しばいぬ》を連れて。そして走りぬけざま、まるで警告するようにわたしのことを指さす。おれにはわかる、おまえはこっち側の人間だぜ、さあ、自由になりな、とでも言うように。

ぶるっと身震いしてしまった。

「あのホームレス、おじちゃんの知り合い？」

かたわらに停めた自分の自転車がにわかに存在感を増す。ひょっとしたら来年のいまごろは、この自転車がわたしの唯一の財産になっているかもしれない。

「おじちゃん？」

わたしは不吉な妄想をふり払い、「おまえ、学校ではなんして遊びようと？」

「歌を歌ったり」

「なんの歌や？」

「おじちゃんにまえに教えてもらったやつが流行っとうよ」

「そろそろ帰ろうかね」

「うん」

わたしは殺伐とした気分で自転車に跨り、裕樹が荷台によじのぼる。

脚に力をこめ、ホームレスの道に背をむけてぶんぶんペダルを漕ぐ。濠《ほり》のまわりをジョギングする人たち、夕風になびく柳、水面《みなも》に浮かぶボート——裕樹の口から歌があふれ出す。

「ああ、その歌か」

「これを歌うとお母さんが怒るっちゃんね」

裕樹が歌う。こいつが生まれるずっとまえに日本中を震撼《しんかん》させたカルト教団の教祖を称《たた》える歌を。節をつけて教祖の名前を連呼する我が甥っ子を、散歩中の人たちが愛憎の入り交じった顔でふりかえる。

「裕樹」

「ん？」

「短い人生っちゃけん、やりたいようにやれよ」

親はなくとも子は育つ。映画はなくとも明日はやってくる。そして、わたしたちは馬鹿みたいに笑う。


新しい男にすっかりノボせあがっている牝猫の妹が裕樹を迎えにやってきた二分後、岩佐まち子から電話が入る。

わたしは自転車に飛び乗り、勇躍壮途につく。キングズ・アローまで疾走する。あまりにもすっ飛ばしたものだから、途中で小夜子の軽自動車を軽く追いぬいてしまう。火がつくほど自転車を漕ぎまくりながら胸算用するわたし。ビールを二、三杯飲み、

〈うすうす2000〉を一箱買ってしまえば、来月まで水を飲んで露命をつなぐことになる。ビールを我慢し、〈うすうす1000〉にすれば、水に砂糖を混ぜることができるだろう。ビールも飲まず、〈うすうす〉も買わないとしたら、わたしはなんのために生きているのか？　ビールだけ飲んで、〈うすうす〉は買わなければ、彼女を妊娠させられるかもしれない。

よおし、やってやるぜ！

店に飛びこんだわたしは、しかし、激しい既視感《デジャ・ヴュ》に襲われて立ち尽くしてしまう。

主人公がタイムスリップなどしておなじ場面を何度も体験するような作品のことを「ループもの」などと呼んだりするが、まさにそんな映画のなかに迷いこんでしまったかのようだった。

花柄のチュニックを着た岩佐まち子は、ダーツのところでドレッド頭の薄汚い白人に腰を抱かれて煙草を吸っている。ぴっちりしたジーンズも、はじめて会ったときに穿いていたものだ。彼女が女王のマントのようにまとっている空気感も。あたしはあたしなの、無理してなにかに自分を合わせるつもりはないわ、だってそれがむこうでは常識なんだもん。

とはいえ、あのときとは決定的にちがうところもある。とてつもなく悲しいタイプであることに変わりはないが、いまのわたしに彼女の腰に阿呆な刺青が入ってないことを知っている。どんなに濃密な時間をすごそうとも、けっしてわたしの部屋に泊まっていったりしないことを知っている。

わたしに気づくと、彼女は男から離れ、ブリティッシュ・ロックのリズムを踏みながらこちらへやってくる。つぎの展開が手に取るようにわかる。彼女が「フォーウ！」と叫び、わたしは訊きかえす。

「殴られたと？」

彼女は朗らかに笑い、唇をふるわせ、うつむき、自分を束ねようとしてまた笑うけれど、不自然に赤みの差した目元から涙が流れ落ちる。わたしのシャツを摑み、わたしの胸に額を押しつける。

「あたし……いいお母さんやないのかな」

わたしになにができるだろう？

「あの人に言われたと、聡に女の部分を見せるなって……子どもはそんな母親なんか見たくないって」

別れた男の言うことを真に受けてはいけない。わたしたち男の口をついて出る言葉は非の打ち所がないかもしれないが、それは正しいことを言おうとしているというよりは、むしろ女性を切り裂くことを意図しているのだから。もし岩佐まち子が平林果歩なら、そんな戯言《ざれごと》には耳を貸さなかっただろう。こうと決めたら、ニューヨークだろうがわたしの部屋だろうが、行きたいところへ行けばいいのだ。正論に惑わされてはいけない。正論というものはいつだって端的で理解しやすいが、子育てにいちばん不必要なものでもある。

子どももなんか泥水のなかに突き落としてしまえ！

子どもたちが汚泥や混沌《こんとん》のなかでどれほど光り輝くか、その目でしかと見とどけよ！

しかし、それをどうやって彼女に伝えればよいのだろう。わたしはほとんど発作的に彼女の手を取ると、有無を言わさず外へひっぱり出し、ちょうど走ってきたタクシーに押しこむ。

「な、なん？　どこ行くと？」

スマホをひっぱり出し、さっさと電話をかける。「あ、おれおれ」

「――――」

「オレオレ詐欺やないっちゅうの、娘とおなじ反応せんでよ」

「――――」

「てゅーか、いまから行っていい？」身を乗り出し、運転手にうなずきかける。「わかった、駅前四丁目の交差点を右ね」

運転手が心得顔で車を国体道路に滑りこませる。

「――――」

「氷？　わかった、買っていく」

通話を切り上げると、岩佐まち子はすでに体ごとこちらをむいている。

「ねえ、松田さん……」

「女の部分を子どもに見せてなんが悪いと？」

「………」

涙をこらえる彼女の顔をネオンが撫でていく。

「子どもをナメんなよ」わたしは言ってやる。「岩佐さんがちゃんと決めた人やったら、聡はそんくらいじゃやビクともせんっちゃけん」


そのデスクの真鍮《しんちゅう》プレートにはこう書いてある。

「コン……コンセージ？」

「コンシェルジュ、管理人さんみたいなもの」岩佐まち子は小声でわたしの間違いを正し、吹き抜けになっているエントランスホールを見上げる。「すっごいマンションやね」

黒いお仕着せを着た女性コンシェルジュがわたしにカードのようなものを差し出し、エレベーターの場所をパリジェンヌのような手ぶりで指し示す。

「ここ、だれが住んどうと？」

「このまえ岩佐さんに胸のサイズを訊いてきた叔母さん」

「ああ、松田さんがずうっとおっぱいを吸っとった奈津子叔母さん？」

「ちょちょちょちょ」ふりむくと、コンシェルジュのお姉さんが信じられないくらい顔をしかめている。「むかーしのことね、うん、赤ちゃんのときの話ね」

エレベーターに乗りこむも、今度はどんなにフロアボタンをたたいても、うんともすんとも言わない。

「なん？」わたしは舌打ちをする。「壊れとうと？」

試行錯誤の末、五分後にようやくパネルの下にセンサーがあることに気づく。半信半疑で先ほどもらったカードをかざすと、ピッという音がしてエレベーターが勝手に上昇する。

わたしと彼女は顔を見合わせる。

何時《いつ》から飲んでいるのかは知らないが、すでに佐賀県の銘酒鍋島《なべしま》が一本空いている。外面《そとづら》のよい奈津子叔母さんは、昼間にわたしの心をスイスチーズみたいに穴だらけにしたばかりだというのに、まるで何年も会ってなかったかのように抱きついてくる。岩佐まち子を虎の毛皮にすわらせ――あの虎がアジの開きみたいになっているやつだ――、千鳥足で大吟醸を出してきてふるまう。

岩佐まち子はそわそわと落ち着かない様子だ。無理もない。こんな部屋でいきなりくつろげる者がいるとすれば、それはレディー・ガガだけだ。最初の昂揚感《こうようかん》が過ぎ去ったあとは、だれもが頭が痛くなったり、乗り物酔いに似た症状を呈したりするだろう。わたしに関して言えば、まるでヴェルサーチの洋服のように常人の美的感覚を嘲笑《あざわら》う調度品の数々に、開いた口がふさがらなかった。

なんたる悪趣味！

もしも親愛なる読者諸氏がパルテノン神殿を想像したとすれば、奈津子叔母さんの新居にはたしかに温泉にあるような美しい女神の彫像がある。ローマのコロッセオを想像したなら、リビングは円形劇場のように三段ばかり掘り下げられている。ニューヨークの夜景を想像したとしたら、壁一面の大窓からまばゆい博多駅を見下ろすことができる。グランドピアノ？　白いやつだ！　暖炉？　ふたつあるぞ！　バーカウンター？　言うまでもない！

月並みな言い方だが、ウォークイン・クローゼットだけでわたしのアパートくらいあった。

酔いつぶれて紫色のソファで寝ている母を後目《しりめ》に、わたしは事の次第を叔母たちに打ち明けた。

いつものように諸肌《もろはだ》脱いでスポーツブラ一丁で話を聞いていた真璃絵叔母さんは、真の意味での男女平等論者——平たく言えば、女だろうが口で言ってわからなければ殴るしかない派なので、殴られたほうにも非があるのではないかという態度を取る。

「けど、その男の言うことにも一理あるんじゃね？」と、煙草の煙といっしょに忌憚のないところを述べる。「そうやって香水をぷんぷんさせて外人バーにちゃらちゃら入り浸っとったらさあ、別れた旦那も『こいつ、大丈夫かいな』ってなるやん？」

岩佐まち子は唇を嚙み締め、日本酒をあおり、何度もうなずく。

「あたしだってわかってるんです。でも、ガスを抜く場所っていうか……それがないと、イライラして聡に八つ当たりしてしまいそうで」

え？

わたしはぶったまげて彼女を凝視する。このまえわたしが遠まわしに「そういう香水って外人好きの女がようつけとうよね」と指摘したら、ビッチ呼ばわりすんなって怒ったよね？　喉元まで出かかった疑問をぐっと吞む。こういうときに余計なことを言えば、岩佐まち子に殴られなくても、真璃絵叔母さんにぶん殴られる。

ところがどっこい、へべれけの奈津子叔母さんが女に手を上げるような男はカスだクズだブタだとわめき散らし、岩佐まち子を指さしてビッチ呼ばわりする。

「ビッチやなかったら、そんなせんずり野郎にひっかかるわけないやん！」一升瓶でみんなの湯吞みをどばどば満たしながら吼える。「オーストラリア人やったっけ、そのチンカス野郎？」

「ニュージーランドで知り合った日本人です」と、困惑顔の岩佐まち子。

「ああ、ジャップね。けどさあ、外人にぶら下がっとう女ってブスばっかじゃね？　あんた、外人好きっぽいもんねえ。なん？　やっぱり大きいのがいいと？」

「やーけん日本人だっつーの」そう言いながらわたしを見やる真璃絵叔母さんの目は、よかったな、おまえにもまだ勝ち目はあるぞ、と言っている。

このままではわたしの下半身にも累がおよぶのではないかと戦慄《せんりつ》したが、杞憂《きゆう》だった。高笑いする奈津子叔母さんにつられて、岩佐まち子もはにかむ。

「え？」わたしとしては二度びっくりだ。「怒らんと？　このまえおれがおなじことを言ったら激怒したよね？」

「またあ、松田さん！　すみません、この人、ちょっと飲みすぎちゃったみたいで」

「いや、おれ、まだあんまり飲んでないけど……」

「奈津子が言うぶんにはいいけど、あんたが言うな」真璃絵叔母さんの蹴りが飛んでくる。「奈津子は自分がビッチやけん、ビッチがビッチをビッチって呼んでもいいったい」

「あたしはビッチやないし！　真璃絵ちゃんのほうこそヤリチンやん！」

真璃絵叔母さんは男扱いされたことに気をよくし、さらに男らしくふるまう。具体的にはわたしの股間をむんずと摑み、乙女のように身をよじるわたしを見て呵呵大笑《かかたいしょう》する。

「で？　杜夫、あんたはどうすると？」

「は？」

「ガキもまとめて面倒見る気があると？　もしないんならさっさと別れり。この娘の時間を無駄にすんな」

わたしは酒に逃げる。

「杜夫にそんな甲斐性があるわけないやん！」奈津子叔母さんはそう断言しただけでなく、わたしを指さしてゲラゲラ笑う。「だいたい自分の女が殴られたのに、こんなところでなんしようとや？　さっさと落とし前つけてこいっちゅーの」

「おれが悪いと？　もしかするとその男の言うことにも一理あるかもしれんやん」

「はあ？」と、鬼の形相の岩佐まち子。「じゃあ、あたしが悪いって言うと？」

「えー、ここでその反応？　さっき真璃絵ちゃんが言ったときは——」

「男に言われるとムカつくったい」

「——ですよねえ」

「ごめんねえ、まち子ちゃん」と、キメ顔の真璃絵叔母さん。「ほんと、こいつってなんもわかっとらんっちゃけん。こんなやつやめて、あたしと付き合わん？」

岩佐まち子がぽっと頰を赤らめてモジモジする。ううむ、これが魚心あれば水心というやつだろうか？

「と、とにかく、子どもに女の部分を見せたらいかんてことはないよね？　だってそんなこと言ったら、おれやらものすごくグレとらなおかしいもん」

それから先ほどのタクシーで放った渾身の名言を開陳したのだが、それがどういうわけか満座の大爆笑を誘う。

「え？　なん？」

「ど、どの口が言ったと？」真璃絵叔母さんはそう言うのがやっとで、また笑いの大波に押し流されてしまう。「ハハハハハ！　ヒーヒヒヒ！　こ、『子どもをナメんなよ』げな！　アーハハハハハハ！」

「ハハハハ！」奈津子叔母さんがのたうちまわる。「クックック……ヒーヒヒヒ！　うぬぼれもたいがいにしいよ、あんた！　アーハハハハハ！」

「あ、あれ？」全員が身をよじって大笑いするものだから、わたしは激しい不安に駆られる。「おれ、へんなこと言った？　岩佐さん、さっきは笑わんかったやん」

「図にのんな」真璃絵叔母さんが涙をぬぐいながらわたしの頭を小突く。「まち子ちゃんはまだあんたを選んだわけやなかろうもん」

「そんなこと言ったらかわいそうやろ、真璃絵ちゃん」奈津子叔母さんがわたしに抱きつく。「杜夫は自分が**まち子ちゃんの決めた人**って思っとうっちゃけん、**ねえー！**」

藁《わら》にもすがる想いで岩佐まち子を見やるが、彼女は笑いすぎたあとの、あの避けがたい虚無にどっぷりとはまっていた。

笑い声が先細りに消えてゆく。

「でも、やっぱりあの人の言うとおりと思います」その声は彼女の奥深いところから響いてくるようで。「聡がもうちょっと大きくなるまで、やっぱりあたしは女じゃないほうがいいんです」

奈津子叔母さんが酒をあおる。

「そうやね」真璃絵叔母さんがうなずく。「聡が学校をサボって千紘のところに行ったのもなんかのサインかもしれんし」

わたしはなす術もなく、手のなかから大事なものがこぼれ落ちていくのを、ただ黙って見つめている。

「そんな了見なら、やっぱりさっさと別れてもらったほうがいい」

全員の視線がひとつどころにあつまる。

「杜夫のことだけを大事にしてくれる人やないと、あたしが納得いかんけんね」母は大儀そうにソファから起き上がり、「なんもかんも捨てる覚悟がないんやったら、人なんか好きになるなって話よ」

「好き勝手しといてえらそうに言わんでよ」昼間のつづきをやる気満々の奈津子叔母さんが食ってかかる。「うちらがおらんかったらだれが杜夫の面倒を見とったと？　ちい姉ちゃんの留守中に杜夫になんかあったらどうするつもりやったと？」

「運が悪かったと思ってあきらめる」と、大きなあくびをしながら。

「はあ？」今度は真璃絵叔母さんが怒気含みでつっかかる。「それ、マジで言いようと？」

「あたしは自分の惚れた男がいちばん大事やけんね」

「子どもがほしくても持てん人もおるとよ」

「あんたの場合は男らしくそれを受け入れるしかないやん」そう言われては、真璃絵叔母さんとしては口をつぐむしかない。「あの人のやなかったら、ガキやらいっちょん好かん」

「じゃあさ！」奈津子叔母さんは母に掴みかかろうとする真璃絵叔母さんを押しのけ、「もしさあ、旦那と子どもが溺れとって、ちい姉ちゃんの乗っとう船がふたり乗りやったら、どっちをたすける？」

「あんた、酔っぱらっとろ？」

「どっち？」

真璃絵叔母さんも抜き差しならない目で母の答えを待っている。

「あんたは子どもって答えるっちゃろうね」

「ちい姉ちゃんは旦那って答えるっちゃろうね」

「どうりで希美があげんグレとったわけやねえ。押しつけがましいったい、あんたは」

「はあ⁉」

「子どものためとか旦那のためとか、嘘くさいったい。けっきょく自分のためやろうもん」

　顔を見合わせる叔母たち。

「あたしなら自分が死んで旦那と子どもをたすける。あたりまえやん。もしあたしのおらんあいだに杜夫になんかあったとしたら、それがあたしの運よ。あたしは自分の運に賭けて旦那についていった。それのなんがいかんと？　それにあんたらが杜夫を見てくれとうけん、ぜったいに大丈夫って知っとったもん」

　奈津子叔母さんの顔が見る見る紅潮していく。小鼻がひくひくとふくらみ、額に青筋が立つ。いまにも母に殴りかかるのではないかとわたしは危ぶんだが、唇をわなわなかせたかと思うと、叔母はわっと泣きだして母にすがりついたのだった。

　真璃絵叔母さんも目をしばたたき、洟をすすり、やにわに酒をあおる。

「まち子さん」奈津子叔母さんをあやしながら、母が呼びかける。「月並みやけどね、まず自分が幸せにならな、子どもにもやさしくなれんけんね」

　岩佐まち子がうなずく。

「あたしは母親失格やけど、杜夫のことがちょっとでも好きやったらわかるやろ？　この子はみんなに大事にされて育ったと」

「はい、わかります」

「なんでもかんでもひとりで背負いこまんでいいとよ」母が言った。「あたしを見てん。大丈夫、どうにかなるっちゃけん。女の部分？　上等よ！　女が女の部分を捨ててどうするとね。年をとってからもう一度取り戻そうと思ってもできんとよ。人生で最悪なのは、取り返しがつかんくなることっちゃけんね」

彼女の目から涙があふれる。

13　女と逢えない時間が男を育てる①

試写わずか一本、岩佐まち子からはなしのつぶて、雨降りの一週間。

夜の十一時すぎに真璃絵叔母さんに呼び出され、そのまま日付が変わるまで箱崎埠頭《はこざきふとう》のあたりをミニ・クーパーで徘徊《はいかい》する。

そのあいだに真璃絵叔母さんは電話を何本かかける。独学で習得したブロークン・イングリッシュで激しくまくしたてていたかと思うと、やにわに通話を切り上げ、ケータイをダッシュボードに放り出し、車を人気《ひとけ》のない倉庫の脇につけたのだった。

「なん？」わたしは恐怖に駆られて、あたりをきょろきょろと見まわす。不吉なことに、倉庫の壁には白い字で大きく13と書かれている。「なんでこんなところに停めると？」

口を開くまえに、真璃絵叔母さんは煙草に火をつけて深々と一服する。

「あんた、まち子ちゃんとどうなったと？」

わたしは顔を窓の外にむける。

国籍不明の停泊船が降りしきる雨に打たれ、岸壁にうずたかく積まれたコンテナをマグネシウム灯がわびしく照らしている。外海は大きくうねっているが、湾内は油のように凪《な》いでいる。真璃絵叔母さんの赤い唇から吐き出された煙が渦を巻き、すこしずつ空気を重くしていった。

「あれから連絡しとらん」わたしは正直に打ち明ける。「こっちの気持ちはもう伝わったと思うけん、あとはあっちが決める番と思って」

カーステレオからはテクノポップが小さな音で流れている。ここは気を引き締めていかねば。粘り強く反復される単調なリズムは判断力を鈍らせ、わたしのような心に迷いのある者をそそのかし、ふだんならけっして近づかない扉を開けさせてしまう。たとえば、そう、真璃絵叔母さんにすがりついて泣き叫ぶとか。

「みんながあんたのお母さんみたいにできるわけやないけんね」

「うん」

「惚れた腫《は》れたは眼鏡みたいなもんよ。かけんかったらなんも見えんけど、かけたらかけたでいろいろ見えすぎるけん」

わたしはその暗喩《あんゆ》について考える。よくわかるような気もするし、さっぱりわからないような気もする。頭をかきむしりたい気分になる。

「いい眼鏡ってのはさ、かけとうことを忘れるもんよ」

「どういう意味？」

「まあ、なるようになるってこと」

それだけ言うと、真璃絵叔母さんは煙草を口にくわえ、ドアを押し開けて颯爽と雨のなかへ出ていく。

どう見ても日本人ではない男がコンテナクレーンの陰からあらわれ、ふたりはひと言、ふた言話し、真璃絵叔母さんが大きな荷物を受け取って帰ってくる。それを後部座席に運びこんだとたん、車のなかが動物園のようなにおいでいっぱいになる。

わたしは肝をつぶしてうしろをふりかえる。大きな檻《おり》のなかで、いくつもの赤い目が蠢《うごめ》いている。泡食って先ほどの船乗りと思しき男を探すも、突然目がひりひりしてきて視界がぼやける。同時に、信じられない悪臭が鼻を衝き上げてくる。身の危険を感じるほどの激臭だ！　わたしは目をしょぼしょぼさせながら、思わず手で鼻をおおってしまう。涙目をきょろきょろさせていると、点滅する灯台に照らされて貨物船のタラップをのぼっていく男の後ろ姿が見え隠れしていた。

真璃絵叔母さんは檻をもうひとつよっこらしょと押しこんでから運転席に戻り、窓を全開にし、無言で車を出す。悪臭に顔をゆがめるどころか、気づいてさえいないようだ。つまり真璃絵ちゃんは、もう何度もこういうことをやっているということか？　ぞっとしてしまう。だからこのくささにも慣れっこになっているのか？

わたしたちは倉庫のあいだを走りぬけ、コンテナの山をいくつもやりすごし、鉄道の引込み線を跨ぐ。国道三号線に戻ったところで、わたしはこらえきれずに積荷の正体を尋ねてしまう。

「フェレットたい。奈津子の知り合いの獣医に臭腺《しゅうせん》を取ってもらうっちゃん。まあ、ちょっとした小遣い稼ぎよ」

え？　鼻をぎゅっとつまんだまま、わたしは目を見開く。フェレット？　え、売ると？　奈津子ちゃんも一枚咬んどうと？　それって密輸よね？　ヤバいよね？　なんで？　なんでおれを連れてきたと？　おれも捕まるやん？　てゆーか、真璃絵ちゃん、金に困っとうと？

質問が喉元に殺到し、窒息しそうになる。しかしここはぐっと歯を食いしばり、断固として平静を装い、ふぅん、とだけ言っておく。真璃絵叔母さんにだけは、つまらない男だと思われたくない。男どうしの付き合いでは、ときにこうした痩《や》せ我慢も必要なのだ。

犯罪者とはシャープペンシルの芯のようなもので、すり減ってしまうまで犯罪を繰りかえすか、途中でポッキリ折れてしまうか、ふたつにひとつだ。いずれにせよ、次世代の犯罪者がまたカチリと押し出され、それがこの世の終わりまでえんえんと繰りかえされる。

盆暮れ正月に親戚があつまれば、動物を密輸する程度の犯罪者が各家庭にひとりはいるご時世なのか――こりゃ映画くらい盗まれるわ！

14　登場するべくして登場した人物はかならず波風をたてる

またしても試写なし、荒天つづきの一週間が無為に過ぎてゆく。岩佐まち子からは依然として連絡はないが、しかし、である!

陰陽道の吉祥日到来か、はたまた天変地異の前触れか、週末に思いがけず久闊《きゅうかつ》の平林果歩から連絡があり、彼女が母親といっしょに九州を訪れていることを知らされる。月曜日は阿蘇山《あそさん》を見物し、火曜日は福岡に泊まると言うので、わたしはいそいそと彼女のホテルまで出向いたのだった。

ハーフトーンの照明を受けてカウンターにすわり、モヒートのグラスをまえに、果歩は文庫本を読んでいた。

わたしはうろたえた。『パッチギ!』のときの沢尻エリカを想像していたら、いまの沢尻エリカが出てきてしまったくらいたまげた。アイスブルーのシフォンブラウスに短いチェックのスカート、組み合わせた素足にひっかけた水色のサンダル——それはわたしの知っている果歩に鮮やかな彩色を施したような果歩で、まるで彼女を包んでいた十九歳的で東京的な蛹《さなぎ》を脱ぎ捨て、もっと自由でのびやかな別次元へと羽化したかのようだった。

こちらに気づくと、彼女は眼鏡を取り、長い髪をかき上げ、にっこり微笑ってわたしを落ち着かない気分にさせた。瞳孔《どうこう》が散大し、呼吸がおおいに乱れ、福岡や自分の現状を恥じて額から汗が勢いよく噴き出る。

型どおりのぎこちない挨拶が交わされ、彼女は東京で瀬戸笙平と飲んだときに、瀬戸がしきりにわたしの脚本の話をしていたと言う。

わたしは阿呆みたいに「へぇえ、いまでも会いよったい、なん食べたと？」などと愚にもつかぬことを訊きかえし、彼女が「瀬戸くんがよく行く神保町《じんぼうちょう》の中華料理屋さん、小籠包《しょうろんぽう》がとても美味しかった」と答えたのを受けて、「ああ、小籠包は美味いよね、かじると肉汁がじゅわっと出てね、皮は風呂上りの金玉みたいに汁気を含んでダラッとしているやつが美味いよね」などと言いつのり、いっそ頭を壁に打ちつけて死にたい気分になる。

ところが果歩はからからと打ち笑いながら、わたしの腕をぴしゃぴしゃとたたくのだった。

「杜夫、ぜんぜん変わってない。こんなにあたしを笑わせてくれるのに、なんで別れちゃったんだろうね」

「それをおれに訊くと？」彼女とならんで腰かけ、彼女とおなじものを注文する。「強いて言えば、おれがいまもむかしもクズ野郎やけんやろ」

果歩は感心したようにわたしを見つめ、幸せそうに微笑む。それから眉間にしわを寄せ、鼻をくんくんさせた。

「なんかにおうよ、杜夫」

「ああ、いまフェレットを飼っとうけん。そげんくさい？」

「フェレット？　なんでまた？」

「フェレットの相場って知っとう？」

「ううん。でも、じゃあ売るつもりなんだ？」

「ぴんきりやけど、ネットで調べたらホワイトファーブラックアイってやつは十万ちょいするらしい」

「いま何匹いるの？」

「五十」

「マジで！」

「そう思うと、ちょっとくさくても我慢できるやろ」

果歩が声をたてて笑う。

こうしてわたしたちはハイアットリージェンシーの瀟洒《しょうしゃ》なバー・ラウンジで、約六年ぶりに再会を果たしたのだった。

むかし話に花が咲き、一杯が二杯になり、二杯が三杯になる。彼女は来月結婚して、スウェーデンへ渡ることになっていた。そのまえに母親の願いを叶《かな》えるべく、我らがJR九州の誇る豪華列車〈ななつ星〉に乗って、名所旧跡をめぐる旅へと繰り出したのだった。いまでも映画の夢を追いかけているわたしはすごいと、果歩は褒めてくれた。

「あたしが渡米するまえに、杜夫、なんて言ったか憶えてる？『やぶ蚊がよそ者を好むように、おまえもあっちに行ったらアメリカ人にちゅうちゅう吸われちゃうんだ！』、ほんとにそうなっちゃった。映画なんかそっちのけで遊び惚《ほう》けてたもんなあ」

返答に窮し、わたしはストローでモヒートをちゅうちゅう吸う。

「杜夫は？　いい人、いる？」

わたしはすこし考えてから、かぶりをふる。「好きな人はおるけど」

「へぇえ、どんな人？」

「子持ちのバツイチ」

「その人のどこが好きなの？」

「え？　どこって……」

「あらあら」果歩は困ったように眉尻を下げ、「険しい道を行ってるのね。ちゃんと気持ちは伝えたの？」

酒に逃げるしかない。

「まあ、いいんじゃない」

「そうかな」

「どうせ後悔するなら当たって砕けろなんてさ、とにかくすっきりしたい馬鹿のやることだから」果歩はむかしのようにわたしの背中をバシッとたたく。「後悔ってのは引きずってなんぼじゃん。簡単にすっきりしちゃったらさ、自分の気持ちなんか永遠にわかんないからね」

ああ、そうだった。

わたしはどうして果歩のことが好きになったのかをすっかり思い出す。ついでに岩佐まち子のどこに惹かれたのかも。じつに簡単なことなのだ。とどのつまり、ふたりとも我が家の女たちとおなじじゃないか。

彼女たちは偽らない。ありのままの自分を押し隠すくらいなら、いっそのことぶっ壊してしまえと思っている。だから出合い頭に「フォーウ！」なんて素《す》っ頓狂《とんきょう》な声を張りあげたり、人目もはばからずにイチャつきたい人とイチャついたり（母）、ときには望まない妊娠をしてみたり（奈津子叔母さん）、フェレットを密輸したり、孤独に溺れたり、六年ぶりだろうが六十年ぶりだろうが、会いたい人にはいつでも自分のほうから会いにやって来るのだ。

それはだれにでもできることじゃない。そして、わたしはそういう者でありたいと心から思っている。彼女たちはわたしをそのように育てあげた。だから彼女たちは、そう、いつだってわたしの羅針盤《コンパス》なのだ。

おめでとう。心のなかでそっとつぶやく。ほんとうにおめでとう、果歩。

「なに？　なにニヤニヤしてんのよ？」

「なんか、こういうのもいいなって思って。いろいろあったけど、おまえとやっと友だちになれたっていうか」

彼女が、ふふふ、と笑う。「四年も付き合ってたのにね」

「おれは『フォレスト・ガンプ』やら大嫌いやったけど、いまならもう一回観てもいいって感じよ」

「なんであの映画が嫌いだったの？」

「あれはようするにありのままの自分を受け入れなさい、そうすればきっといいことがあるって映画やん？」

「それが鼻につくわけね」

「むかしはね。だって街なかで銃を乱射するやつも、悩んだ末にありのままの自分を受け入れたわけやん」

「そうね」

「けど、やっぱ人間、ありのままがいちばんよ」

「問題も多いけどね」果歩はカクテルで喉を湿らせ、「アメリカ人って嘘に対しては病的なほど不寛容なんだけど、あれってやっぱりありのままの自分信仰みたいなものが根っこにあるんじゃないのかなあ。ありのままの自分、ありのままのパートナー。嘘をつかれると、そこんところが揺らいじゃうんだよね。きっと聖書の影響だよね、よくわかんないけど」

「ああ、ね。映画とか観とうとさ、アメリカ人って日本人から見たらどーでもいいような小さな嘘に目くじらを立てたりするもんね。たとえば会社をクビになった旦那さんが家族を心配させまいとして黙っとったら、ヨメが騙《だま》された騙されたって大騒ぎするわけよ。『会社をクビになったことが問題じゃないの、あなたはわたしに嘘をついたのよ！』とかわめき散らしてからくさ」

「そうそう」と、果歩は手をたたいて大笑い。「わけわかんないよね」

「会社をクビになるほうが断然問題やろうもん！　大和撫子ならそこは旦那さんの心中を察して、むしろ旦那さんをいたわるよね」

「だよねえ、そこが奥ゆかしいのにねえ」

「ああ、やけん日本の女の子ってモテるわけかあ」

「…………」

んもんね」


「すぐにヤラせてくれるってのもあるけど、ちょっとくらいの嘘ならギャーギャー言わんもんね」

　わたしはいい気分で、さわやかなモヒートをすする。胸のうちをさらけ出せる知己というものは、なににも増して得難いものなのだ。ああ、朋《とも》あり遠方より来たる、亦た楽《ま》しからずや！　人知らずして慍《うら》みず、亦た君子ならずや！　たとえ岩佐まち子がわたしのこの苦しい胸のうちを知らなくとも、なにを慍むことがあろうか。

「いやあ、ひさしぶりになんか楽しいなあ！」

　果歩は猫のようにじっとカウンターを見つめ、カクテルをぐいっとあおり、従前とは打って変わった険しい顔、そして押し殺した声でこう切り出す。

「それってあたしのことを言ってんの？」

「え？」

「あたしがだれにでもヤラせてるって言ってんの？」

「いやいやいやいや！」なごやかだった空気がいつの間にか血の様相をおびていることに、わたしは心底ふるえあがる。「おまえがおまえのままやったけん、おれはうれしいって話やん」

「『フォレスト・ガンプ』が嫌いって話だったじゃん」

「はあ？　それはむかしのことやろ？　おれ、いまはもう一回観たいって言ったよね？」

「あんたにアメリカのなにがわかんの？」

「いや、アメリカがどうのこうのやなくて……いや、ごめん、不愉快にさせたんなら謝るよ。おれは嘘もそんなに悪いことじゃないって言いたかっただけで……」

「べつにいいけど」

わたしたちはバーテンダーが狼狽してグラスを取り落とすほど押し黙り、間合いを読みながらカクテルを舐める。

いや増しに高まる緊張のなかで、なにかがわたしのなかでふつふつと湧き上がる。そう、マグマのようにぐつぐつと。どう考えてもこちらに落ち度はない。日本人女子の貞操が麻の如く乱れているというのも、あくまで広く認められた一般論としての見解を述べただけであって、果歩を非難しようなどとは毛頭思わなかった。

なのに、なんでわたしが謝らにゃならんのだ！

彼女が三段論法の罠《わな》に陥っていることは明らかだ。日本の女子はすぐにヤラせる、あたしは日本の女子だ、だからこの人はあたしがすぐにヤラせると言いたいのだ。

真剣で斬り合うような緊迫感がじりじりと醸し出され、わたしの胃腸を締めあげる。先に仕掛けてきたのは果歩のほうだ。

「あたしのほうこそごめん」彼女は開き直ったことを隠そうとしないばかりか、これ見よがしに鼻で笑い、「そうだよね、男と女のあいだには嘘をついたほうがいいときもあるよねえ」

わたしは彼女の切っ先を注意深く見極め、迂闊に打ちこまない。しかし彼女が思わせぶりな流し目で「ベッドのなかではとくにね」とささやくにいたっては、我を忘れて大上段から太刀をふり下ろしてしまう。

「はあ？　それってイクふりをするってこと？」

「そんなにびっくりするようなこと？」彼女は事も無げにわたしの斬撃《ざんげき》を撥ねつけ、にやりと不敵な笑みを浮かべる。「いまはもうしないけどね」

瞬間、粘つく糸にがんじがらめになる。わたしは愕然として平林果歩を見つめる。彼女が山田風太郎《やまだふうたろう》の描く忍者に見えてくる。ケツの穴から蜘蛛《くも》の糸を噴出して敵をからめとる異形のくノ一に。

「え？　じゃあ、おれと付き合っとったときはしとったと？」なんとか身をふりほどこうとするが、もがけばもがくほど深みにはまっていく。「おまえ、めっちゃ声を出しよったやん。はじめてのときとか、ぶっちゃけ引いたもん。オープン戦でいきなり日本シリーズの盛り上がりを見せたよね。あれも演技やったと？」

平林果歩はアメリカ人のように肩をすくめ、嫌味ったらしく下唇をめくり、あとはわたし自身の想像力にゆだねる。それがわたしのなかに封印されていた非常に危険な真の力を解放する。

「まあ、たしかに男女には言っちゃいかんことがいっぱいあるよね」わたしの含み笑いに意味はないが、敵にゆさぶりをかけるという目的がある。「夏とかさ、汗とかかかれたら、ぶっちゃけキツかったもん」

「はあ？」平林果歩の目がキッと吊り上がる。「それってあたしがにおうってこと？そんなこと、だれにも言われたことないけど」

「旦那さん、スウェーデンの方やもんねえ」今度はわたしがアメリカ人のように肩をすくめ、嫌味ったらしく下唇をめくる。「あっちにはニシンを発酵させたバリくさい食べ物があるらしいぜ。**それとくらべたら！**」

わたしたちは堰《せき》を切ったようにおたがいを指さして非難し合う。彼女はわたしの性癖を厳しくあげつらい、顔にかけられるのがどれほど気持ち悪いか、小道具を使われるのがいかに屈辱的か、わたしのものがサイズ的にいかに心細いかを滔々とまくしたてる。わたしはわたしで、もし彼女の胸が充分に大きかったら実現できたであろういろんな夢や願望をならべたてる。

客たちは青ざめ、そそくさと精算をすませる。格調高いバー・ラウンジはたちまち漁師町の堕落した酒場へと様変わりし、口元にもの悲しげな冷笑をたたえたバーテンダーにウォッカの瓶を掴んで店の奥に消える。

平林果歩はまるで信仰を持つ者のように寛容で、ゆるぎなく、まったく話が通じなかった。

「だいたいアメリカ人にちゅうちゅう吸われたって自分で言ったやん!」

「あんたなんかと四年も付き合った反動でね!」

男女間にはけっして触れてはならない些細《ささい》なことが山とある。それは浮気のような派手な爆弾ではなく、いわば血管のなかで折れてしまった注射針のようなものだ。下手に触れたが最後、血管のなかをスウェーデンのボブスレーのように駆けめぐり、しまいには心の臓にぶすりと突き刺さる。

こうして、わたしたちの六年ぶりの再会は、口汚い罵《のの》り合いでめでたく幕を閉じる。


箱崎埠頭での黒い取り引きの夜、真璃絵叔母さんはさりげなく探りを入れてきた。もしもわたしと岩佐まち子が上手くいっていたとしたら、心やさしい真璃絵叔母さんのことだもの、きっと手術前のフェレットをわたしに押しつけたりせず、自分の部屋に持ち帰ったはずだ。

わたしはいまだに岩佐まち子との約束を律儀に守りつづけている。もう二週間にもなるが、なんの音沙汰もない。いまも耳に残る彼女の別れ際の声——

「ごめん」奈津子叔母さんのマンションを辞去する際に、彼女は込み入った夜の締めくくりにこう言った。「気持ちの整理がついたらあたしのほうから連絡するけん、しばらくそっとしとって」

もし平林果歩との胸くそ悪い決別がなければ、わたしはもうすこしがんばれただろう。いまはじっと耐えるときだ。それはよくわかっている。

しかし、どうせわたしはセックスが下手なのだから岩佐まち子も演技をしていたにちがいないという激しい焦りと、フェレットどもの発狂級の悪臭のせいで突如自我が崩壊するほどの不安に駆られ、ほとんど捨て身で彼女にメールを送ってしまったのだった。

すると、むべなるかな、さらなる混乱に見舞われてしまう。送信ボタンをタップしたとたん、間違いに気づいた。せっかく積み上げたカードの塔を、いたずらにつついて崩してしまったような気分になる。心を落ち着かせるために、わたしはマスクとサングラスをしっかりとかけ、消臭スプレーを部屋じゅうに散布する。こんなわたしにでも、まだ物事を正せる力が残っているのだと自己暗示をかけるために。

昨日までフェレットが五十四匹もいたせいで、床にも、天井にも、壁紙にも、ソファにも、服にも、まだあのいやらしいにおいが染みついている。すでに消臭スプレーを五本も空にしているのに、やつらのにおいは夢のなかにまで漂ってきてわたしを苦しめる。夢から覚めても、目が痛くてしばらくは開けられない。

消臭スプレーをまきながら、二十秒に一度くらいの割合でスマホに目を走らせる。しかし待てど暮らせど返信はなく、かわりに警察から電話が入る。聞けば、藤丸弘が盗撮容疑で連行されたという。

「まさか!」わたしは消臭スプレーを投げ捨て、江戸の敵《かたき》を長崎で討つような真似に出る。「でも、思いあたる節はありますね」

水法被に締め込み姿の男衆が、交番のまえにたむろしている。どうやら喧嘩沙汰があったようだ。鼻血を拭いている若い衆もいる。

そう、博多祇園山笠の季節なのだ。

七月一日の今日から飾り山がはじまり、えんえん十五日早朝の追い山まで、博多っ子は惜しげもなく尻を天下にさらすことになる。

見せつけられるほうはたまったもんじゃない。

最悪なのは、おっちゃんらのケツがつるっとしていて美しいことだ。年に一度の晴れ舞台だもの、何カ月もまえから乳液などでスキンケアをしているにちがいない。わたしはかなりの確信を持って言うのだが、この人たちのほとんどは尻を鏡に映してみたことがあるはずだ。で、お尻が垂れてるなとか、もっとキュッとならないかなとか思っているはずなのだ。してみるに、山笠も全国に知れ渡っているほどマッチョな祭典ではないのかもしれない。

「かいつまんで状況ば話せ」と、わたし。「隠し立てしてもすぐバレるっちゃけんな」

「電車のなかにものすごい可愛い娘がおった」と、手で鼻先を扇《あお》ぎながら藤丸。「てゆーか、おまえ、なんかくさいぞ」

「くさいのはおまえたい、この犯罪者が！」

「サーモカメラやけんよかろうもん。べつにスカートのなかを撮ったわけやないし」

「自白《げろ》しました」わたしはおまわりさんにむきなおる。「こいつ、クロですよ」

我にかえったおまわりさんが鼻をつまんでいた手を放す。藤丸に厳重注意をあたえ、被害女性も事を荒立てたくないということで、我が友は九死に一生を得る。

わたしたちは神妙に交番をあとにする。

「で？」

「へへへ、ぼわんっと赤かったぜ」

藤丸は得意げに嘯《うそぶ》き、わたしはやつの頭をはたく。

15　女と逢えない時間が男を育てる②

試写二本、待ち人来たらず、降ったりやんだりの一週間。

恋路の闇に迷って早や三週間だが、わたしはなにもずっと淫靡《いんび》なファンタジーに耽ったり、その反動で岩佐まち子を呪ったり、窓をたたく雨を虚ろに眺めながらアン・ルイスの『グッド・バイ・マイ・ラブ』を百万回くらい聴いたりしていたわけではない。

怒りや、悲しみや、自己憐憫《じこれんびん》が渾然《こんぜん》一体となった強大な負のエネルギーを惜しみなく脚本にそそぎこみ、自分なりに書くことの意味を理解しつつある。そのおかげで、物語はすでにジャックとニムロッドが出会う場面にさしかかっている。

書くことについて、わたしが考えたこと。

経験は作品を産み出すときの突破口にはなりえても、作品そのものにはなりえない。想像力とは浣腸《かんちょう》のようなもので、作品とは魂の排泄物だ。

書くことについて、わたしが考えたこと。

感傷は判断力を鈍らせるが、ゆえに物語に磨きをかける。怒りは言葉を育て、不運はわたしとジャックをつなぐパイプとなる。

書くことについて、わたしが考えたこと。

筆が飛ぶように進んでいるときでも腹は減る。

そんなわけで、カップラーメンの湯を沸かしながらテレビをぼんやり観ているときに、いきなり従妹の恭子が画面にあらわれたのだった。

司会者やお笑い芸人たちが恭子のプライベートを面白おかしく暴露していくのをぼーっと眺めつつ、カップラーメンに湯をそそぎ、三分待ち、ずずっとすすって口のなかを火傷《やけど》するが、恭子の口からわたしの名前が出たときには鼻からブッと麺を噴き出してしまった。

激しく咳きこむわたしの耳に「これから恭子ちゃんの初恋の人に電話をかけてみましょう」と提案する司会者の声が入る。

「え？」

間髪いれずに『ゴッドファーザー　愛のテーマ』が流れだす。

「え？」

わたしは鳴りつづけるスマホを汚れた靴下のようにつまみ上げ、にこやかに「さっさと出ろよ」と目で挑みかかってくる恭子に気圧《けお》されて右往左往し、向こう脛《ずね》をテーブルに強打してラーメンをひっくりかえしてしまう。

「え？」あまり痛くないぞと思っていると、遠い花火の爆音のように痛みがあとから襲ってくる。「アーイタタタタ！」

司会者が「出ませんねえ」とつぶやき、恭子がへらへら笑いながら調子を合わせる。わたしは片足でぴょんぴょん跳ねながら電話に出てしまう。理由はわからない。ニコール・キッドマンの『誘う女』はテレビに出ることに尋常ならざる情熱を燃やす女性を描いたサスペンスだが、テレビにはそうした魔力があるのだ。

お笑い芸人一同が歓声に沸き、毒舌で鳴らす司会者の目が鮫のようにギラリと光る。

「あー、出ました、出ました。松田杜夫さんですかあ？」

「は、はい」

「こんにちは。わたし、司会者の山田《やまだ》と申します。はじめましてえ」

「あ、はじめまして」

「もしもし？　あれ、音声がちょっとおかしいですね……もしもーし、松田さーん？」

「もしもし？　もしもし？」

「あ、聞こえました。すみませんねえ、ちょっと接続が悪いみたいで」司会者は番組名を告げ、「いきなりお電話を差し上げて失礼いたしました。今夜のゲストが松田さんの従妹の浅井恭子ちゃんでして、いま恭子ちゃんの初恋の人ということでご連絡した次第なんですけど、ご存知でした？」

「え？　ああ……うーん」

知るわけがない。

なぜなら、そんなことはありえないからだ。恭子にはさんざん煮え湯を飲まされた。いま思い出してもはらわたが煮えくりかえる。もしあれが恋というのなら、わたしは恋など金輪際したくない。恭子がわたしの従妹ではなく槇原敬之《まきはらのりゆき》の従妹だったなら、やつだって「もう恋を〜しないなんて〜言わないよ絶対〜」などとノーテンキなことをひょろひょろ歌ったりせず、デスメタルかなにかに走っていたはずだ。

「えっと……いえ、知りませんでした」

恭子が画面に大写しになる。さかしらで腹黒い恭子のことだもの、頬を赤く染めているのはおそらくカメラがむいてない隙に自分でバチバチひっぱたいたのだ。

「えっと、杜夫兄ちゃん……」モジモジしながら切り出す。「あたし、むかし、ほんとに好きだったんだよ」

芸人衆が囃したてる。

「いやあ、うらやましいっ！　こんな美人の従兄《いとこ》というだけでもうらやましいのに、いったいなにをしたら好きになってもらえるんですか？　なにか心当たりありますか、松田さん？」

「え？　てゆーか、これ生放送ですか？」

「もしもし？　あれ？　やっぱり音声がおかしいなあ……」

「もしもし？　これ、**ナマですか？**」

「え？　**ナマでした？**　いきなりなんてことを言うんだ、あんたは！」

「ち、ちがいます！　生放送ですかって訊いたんです！　ああ、びっくりした」

「びっくりしたのはこっちだ！」司会者のツッコミにスタジオがどっと沸く。「ワハハハハ！　もちろん生放送ですよ。さて、みなさん、恭子ちゃんはあることをきっかけに松田さんへの恋心が一気に冷めちゃったんだけど、それをお考えください」

芸人衆が総立ちになって、あることないことを言いつのる。

いまのこの状況は、たとえるならボクシングのラウンドガールが「罠」と書かれたプレートを掲げて、リングの上をぐるぐるまわっているようなものだ。

ふん、恭子め、見えすいとるわ！

なのにこのわたしときたら、はじめてテレビに出たことにすっかり舞い上がり（『女王様のディナー』のときはわたしのブログだけが、〈松田杜夫のチューズデイナイト・シネマ・クラブ〉が紹介されただけである）、芸人衆といっしょになって答えを考えている。エロ本が見つかったときかな？　それとも、あれを見られちゃったのかな？

「恭子ちゃんの恋心が冷めちゃった理由《わけ》はこちら、ドン！」司会者がパネルをめくると、非常に情けない感じの男のイラストがあらわれる。鼻息を荒らげ、よだれを垂らし、股間からは大根がにょきっと屹立《きつりつ》している。「じゃあ、恭子ちゃんに説明してもらいましょうかね」

「えっとお、中学生くらいのときなんですがあ、お兄ちゃんが、その……あの、あそこに輪っかをはめて抜けなくなっちゃったことがあって」

芸人衆が手をたたいて大笑いし、わたしは目のまえが真っ暗になる。

「つまり」と、すかさず司会者。「鉄の輪っかを男性の大事なところにはめて遊んでいたら、膨張して抜けなくなっちゃったんですよね、ワハハハハ！」

漫画のような吹き出しがイラストの上にあらわれる。〈えーん、抜けなくなっちゃったよ〜〉。

恭子が真っ赤になってうなずく。しかしながら、ちらりと動いたその目は、司会者とのあいだですっかり段取りができていることをうかがわせる。

「で、どうなったんですか？」と、司会者が完璧なタイミングで質問を投げかける。

「母がワイヤーカッターで切りました」

「ええ！　男性の大事な部分を⁉」というボケに、またしても大爆笑が起こる。「松田さん、ほんとですか？」

「え？　いや……」あのときも百合子伯母さんにさんざん殴られたっけなあ。「うーん、どう説明したらいいのか……」

「なんでそんなことをしたんだ、あんたは？　腐ってポトッて落ちちゃったらどうすんだ、ワハハハハ！　まあ、中学生ですから、わかるっちゃわかりますけどね、ワハハハハ！」

「いや、ぼくはそんなこと……あれは恭子がぼくの寝ているときに輪っかをですね……」

「もしもし？　もしもーし？」

「ですから、あれは恭子が……」

「ええ！　おれは巨根だ？」

「………」

「へぇえ、そうなんだあ……って、そんなこと訊いてないわ、ワハハハ！　ワハハハハハ！」

あとのことは、あまり憶えてない。

小一時間ほどして我にかえり、テレビを消し、こぼしたラーメンを片づけ、猛然と脚本のつづきにとりかかる。

いの一番に巨根を祝福するメールをくれたのは希美で、当然つぎが奈津子叔母さん、そのつぎが藤丸で、最後が真璃絵叔母さんだった。

怒りや悲しみや自己憐憫がキーボードをたたくわたしの指に魔法をかけ、情け容赦なく襲い来る敵――司会者山田や恭子や芸人衆によく似た食人鬼どもをぶった斬るジャックの剣に力を授ける。

疲労がピークに達し、もう一文字だって書けそうにない夜更けに〈浅井恭子〉で検索をかけてみると、すでに数万人がわたしの巨根についてなにかしらつぶやいている。ふうん、わたしの巨根には「軍曹殿、失礼します」と刺青があるのか。張られているリンクに飛ぶと、わたしがバックから軍曹殿を突きまくっている諷刺画《ふうしが》まである（軍服に名前が縫いつけてあるので、わたしだとわかる）。

ならぬ堪忍、するが堪忍である。

わたしは涙をぬぐい、書いて書いて書きまくる。これが書かずにいられますかってんだ！

わたしの巨根はひとり歩きし、わたしよりもはるかに有名になる。夜が明けるころには愛称で呼ばれ、日本一有名な巨根になっていることだろう。人々は巨根をとおしてわたしを認識するようになり、ゆるキャラだってつくってもらえるかもしれない。

それでは、わたしとはいったい何者なのか？

巨根のおまけのような存在でしかないのか？

これぞまさしくヘーゲルの言う自己疎外にほかならず、ジャックが彼の世界で生きてゆくにあたって、根っこに抱えている問題なのではなかろうか？

16 ついに愛と夢を秤にかける

雨上がりの天神中央公園。

ビルのあいだから射しこむ夕陽を濡れた芝生がはじく。犬を連れた人たち、人を連れた犬たち、スケボーの少年たち、トランペットを練習する女の子——売店のパラソルの下では測量士と思しき一団がビールで乾杯している。だれもが長雨の終わりを予感して浮き足立っている。

わたしたちはあてもなく、公園をぐるりと囲む遊歩道を漫《そぞ》ろ歩く。まるで立てつづけに二回ヤッたあとみたいにわたしはくたびれ果て、彼女は活《い》き活《い》きと輝いていた。

「自分のことは聡がもうちょっと大きくなってからね」その声にはもう迷いはなく、「松田さんのお母さんみたいな生き方には憧れるけど、一度聡のためにあたしの人生をちゃんとあきらめてみようって思った」

結論から言えば、わたしたちの物語は宿命的なキスでハッピーエンドを迎える——ということには、どうやらなりそうもない。

「でも、そう考えられるようになったのも松田さんのお母さんのおかげ。本気でなにかしようって決めたら、その結果も自分でちゃんと引き受けんとね。このまま松田さんと……ううん、だれと付き合っても、あたしはその結果を引き受ける覚悟をまだ持てんもん。物事があたしの思いどおりにいかんくなったとき、それでも自分が決めたことやけん仕方がないとはまだ思えん。そんなふうになったら、聡と松田さんの両方をいっぺんに失うことになるけん」

頭上の梢《こずえ》から滴り落ちる雨垂れに、わたしはわけもなくはしゃぐ。心は土砂降りなのに、雲間からのぞく青空は暑くて長い夏の到来を予感させた。

「聡には悪いけど、やっぱりあの人とは離婚する。そのぶん、ちゃんと子育てをがんばる」彼女は濡れた夏草のようにうーんとのびをし、「それがいまのあたしにできることと――松田さん？」

「ん？」

「なんか言ってよ」

なにをどう言えばいいのだろう？

彼女の決断は非の打ち所がないほど正しい。ひとりぼっちになる覚悟のない者には、いかなる女神もけっして微笑まない。シングルマザーの女神だって、それは例外ではない。だとすれば、ここでなにを言っても、それはわたしのわがままでしかないじゃないか。

「ひょっとして、まだテレビのことを考えとったと?」

「……え?」

「あんなの気にすることないって」まるで平林果歩が乗りうつったかのように、岩佐まち子はわたしの背をバシッとたたく。「テレビやら嘘っぱちやん。だって、言わされたっちゃろ? 台本があるっていうやん、だれも信じとらんって」

「いや、べつにそんなこと考えとらんかったけど」わたしは気を取りなおし、「子どもをちゃんと育てるのに必要な愛情の量というのがあるとするやん」

「うん」

「たぶん、その量をぜんぶ親が満たさなダメってわけやないとよ。まわりの人がちょっとずつ満たしてやって、結果的にその量を超えたらいいっちゃないかな」

「でも、あたしには真璃絵さんや奈津子さんはおらんけん」

「ご両親は?」

彼女は首をふる。それが両親には頼れないという意味なのか、頼りたくないという意味なのか、はたまたこの話を打ち切りたいということなのか、わたしには知る由もない。気にならないと言えば嘘になるが、しかし気になることならほかにもある。わたしは心を落ち着かせ、彼女の言ったことを香港映画のように角度を変えて三度検証してみたが、やはり明るい材料は見あたらなかった。岩佐まち子の言わんとすることはひとつしかない。

「さっきテレビやら嘘っぱちって言ったやん？」わたしは意を決して反抗的な態度に出る。「あれってどういう意味？」

「え？」その目に警戒の色がよぎる。「どういう意味って？」

「いや、やけん、あの件に関してテレビが嘘っぱちかどうか、岩佐さんは知っとうわけよね？」

「あの件？」

「そのうえでテレビが嘘だって断言するということは、やっぱりおれのことを否定しとうよね？」

「なん言いようと？」

「まあ、たしかに巨根ではないですけどね」

「はあ？」

「おれはテレビのことやらぜんぜん考えてなかったのに、ちょーっと黙っとったら『テレビのことを考えとったと？』って訊いてきたやん。あれはつまり、おれが笑われて落ちこんどうって思ったっちゃろ？　がっくりして当然って思ったわけよね？　だって**巨根じゃないもんね！**」

「な、なんでそうなると？　テレビで笑われたら、だれだってふつう落ちこむやろ？」

「女ってすーぐ話をすりかえるよね。あきらかに金目当てのくせに、たまたま好きになった人がそういう人やったとかって平気で言うもん」

「松田さんはお金とか持っとらんやん」

「どうせおれはパッとせん粗チン野郎たい！　むかしのカノジョにも言われたしね！」

「あのねえ……大きければいいってもんやないし」

「あー！」

「な、なん？」

「いま認めたね、やっぱり小さいって思っとったたっちゃね！　ひょっとしたら、それもおれと付き合えん理由なん？」

「そんなわけないやん！」

「やったら訊くけど、まえに奈津子ちゃんが岩佐さんの胸は小さいって言ったことがあるやん？　あのとき、もしおれが『大きければいいってもんやないし』とか言ったらどう？　おれの言葉を鵜呑みにして、『ああ、この人はきっと胸の大きさとか気にせん人やん』とか思えると？　言っとくけど、そんなやつおらんけんね」

「はあ？」カッと目を剝く岩佐まち子。「あたしの胸になんか文句があると？」

「おれはコンプレックスの話をしとったたい。女性は自分の胸が大きいかそうじゃないかの自覚があるやろ？　第二次性徴期くらいからずうっと他人と比較してきたわけやけん。

けど、男は街ですれちがう人の股間をじーっと見ても、自分がどのランクかわからんやん。で、出し抜けにおまえのは小さいって言われたやつの気持ちを考えてん。『猿の惑星』のラストくらいの衝撃があるっちゃけんね」

「だれも小さいとか言ってないやん」

「言っとうのとおなじたい」

「じゃあ、なんて言えばよかったと？『テレビやら気にせんでいいよ、みんな松田さんのが見たこともないくらい大きいって知らんっちゃけん』とでも言えばよかったと？」

「それはさすがに褒めすぎやろ」

「温泉とかに行けば男だって自分のランクがわかるやろ？」

「ハッハッハ！　わかっとらんね。大事なのは膨張率やろ、ふつうの状態を見てもなーんもわからんやん」

「ああ、もう！　じゃあ、あやまればいいと？」

「え、いや……」

「松田さんのは**ちーっちゃい**です、わたしはそう思ってましたけど、嘘をついてそうじゃないって言ってしまいました」彼女は言葉だけでなく、すごく小さなものをつまんでいるかのような指の動きまでつける。「ほんとうはセックスしたこと自体なかったことにできるくらい**ちーっちゃい**です、嘘をついてごめんなさい――これでいいと？」

「…………」

ううむ、試合に勝って勝負に負けるとはこのことだ。

「大きさとか関係ないったい」

「——ですよねえ」

「お金はない、見た目もパッとせん、マイナス思考やし、口も悪い、おまけにグダグダといつまでもしつこい」言葉を切る。「でも、そんなの関係ないと。松田さんとおったら、ふと聡がおらんかったらなあって考えてしまうと。それがいちばんの理由」

「うん」

わたしたちは声を失い、そのまま公園を半周ほどする。

風が吹きつけ、汗ばんだシャツをふくらませる。燃え立つ黄昏《たそがれ》。言葉もなく歩きつづけるわたしたちの現実はいつしか時間を追い越し、これから数分後に訪れるはずの悲しい未来に、わたしはすでに懐かしささえ感じはじめている。

「ね、男と女のあいだに友情は存在すると思う？」

「で、『あたしたちって友だち以上、恋人未満やね』とか言うつもりやなかろうね」

「………」

「もう、冗談たい」わたしは彼女を肘でつつく。「ありふれたことしか言えんけど、ふたりが存在すると思えばするっちゃない？」

「じゃあ、セックスってなん？」

「え？　勃起した男性器を――」

「茶化したらぶっとばすけんね」

「――うーん、なんかなあ……カフェオレのミルクみたいなもん？」

彼女は小首をかしげ、説明を促す。

「友情をプラトニックな関係だとすると、セックスをしたあとはもうプラトニックとは呼ばんやん？」

「うん」

「コーヒーにミルクをたっぷり入れたらカフェオレになるみたいに、友情にセックスがからんでくると、やっぱりべつのものになるっちゃないかな」

「けど！」と、岩佐まち子は思いつめたようにかぶせてくる。「カフェオレだってコーヒーやん」

「うん、おれもそう言おうと思っとった」

梢がざわめき、風が夏の葉から水滴をすくい上げ、彼女の頬に落とす。

「しかも」わたしは彼女の手を取る。「本気でそう思うよ」

いつか瀬戸笙平と入った中洲のカフェで食事をとったわたしたちは、夜風に吹かれながら明治通りをくだる。

西大橋の欄干にもたれ、一本むこうの福博《ふくはく》であい橋、そして燦然《さんぜん》と輝くキャナルシティを眺めやる。

ライトアップした遊覧船が那珂川をゆっくりとのぼってくる。川沿いに建つ試写室のビル。鴉に襲撃された現場を指さして教えてやると、彼女が腹を抱えて笑った。

今夜がわたしたちの最後の夜になるかもしれない。

そう思っただけで、わたしの性欲はいやが上にも軒昂《けんこう》し、彼女のなかへ頭から飛びこみたいというせっぱつまった欲求がむくむくと鎌首《かまくび》をもたげてくるのだった。こんなときにそんなことを考えるのは、葬式のときに香典の使い途《みち》を考えるようなものである。不謹慎だし、女性を馬鹿にしている。しかし俗に空腹は最高の調味料などと言うが、だれがなんと言おうと、別れは最高の媚薬《びやく》なのだ。

「じゃあ」なのに岩佐まち子ときたら、すがすがしいほどの潔さで別れを告げようとするのだった。「あたし、そろそろ……」

「えー！」

面食らった善男善女がわたしたちを避けていく。

「もうちょっといいやん」

苦りきった彼女の表情は、困惑が軽蔑にころげ落ちるギリギリのところでせめぎ合っている。

無理もない。

「だって……」わたしが駄々をこねるのは、これで三度目なのだから。「だって、だってなんだもん」

「松田さんさあ……」

「あれ？　似とらんかった？　キューティーハニー」

「あたし、ちゃんと話したよね？」

「え？　ああ、おれがどんなにグダグダのダメダメでも関係ないってこと？」

「そこじゃないやろ！」

「でもさ、そげん急いで帰らんでもいいやん。うちの妹やら裕樹をおれに預けて遊びまわっとうけど、裕樹はまーっすぐ育っとうばい」

「あのねえ……」彼女は、神がソドムとゴモラを滅ぼすまえにもこういう溜息をついたにちがいない溜息をつき、「なんがしたいとよ？」

「なんがって、わかっとうくせに」フル回転するわたしの頭脳は、松田杜夫史上最高の比喩をひねり出す。「ちょっとカフェオレが飲みたいんでちゅ」

くるりと回れ右をする岩佐まち子。

「わー、ウソウソウソウソウソウソ！」わたしは追いすがり、彼女のまえにまわりこみ、その両肩に手をかける。「けどさ、ほら、魚釣りをする人は鮒《ふな》にはじまり鮒に終わるって言うやん！　やったら男と女の関係もさ、アレにはじまりアレに終わってもいいって言うかー――」

「そんなことばっかり言っとったら蹴飛ばすけんね」

「――ですよねえ」

とはいえ、わたしの熱意がつうじたのか、はたまたイヤよイヤよもなんとやらなのか、彼女の眼差しがあれよあれよのうちに媚《こび》を含む。

「そんなにしたいと？」

わたしはひたむきに見つめる。

「じゃあ、ちょっとだけやけんね」

腕にすがりついてくる岩佐まち子を、わたしは闘牛士のようにひらりとかわす。

「あれ？」つんのめった彼女は、客に「チェンジ」と告げられたときの風俗嬢のような顔でふりむく。「あ、あんたねえ……」

「あそこ」わたしは雑居ビルの最上階を指さす。「試写室に明かりが見えた」

「え？」彼女も首をのばし、「カーテンがかかっとってなんも見えんけど」

「そこがまずおかしい」

「なんで？」

「あの試写室の窓にはカーテンやらないっちゃん」

「え？」

わたしたちは西大橋を引きかえし、川沿いの遊歩道にまわりこんで放置自転車の陰にしゃがむ。

「なんで隠れると？」

「しっ！」

ピカデリー・ビルの出入口に人だかりがうかがえる。みんな一基しかないエレベーターを待っているようだが、歩道どころか車道にまであふれ出し、クラクションを鳴らされても意に介さず陽気に語らっている。

わたしはますます疑念を深める。今年の博多祇園山笠は本日未明にフィナーレを迎えた。だとしたら、こいつらはいったいなにを浮かれ騒いでいるのか？

中洲大通りは、あいだに道を一本はさんだその先にある。ネオンやぼったくりバーやきれいなおねえちゃんたちはみんなそこにある。川沿いのこの通りにもホテルや小料理屋はあるが、どちらかといえば地元の人が飲む小便横丁の風情で、観光客が写真を撮りたくなるような界隈ではない。

「日本人やないみたい」

であい橋のほうから漂ってくる辻《つじ》音楽家の演奏。岩佐まち子の言うとおり、サックスの音に乗って聞こえてくるのは、中国語のようだ。

盗撮の二文字が、けたたましい警報とともに頭のなかで激しく明滅する。スマホをひっぱり出したわたしは、ほとんど無意識に百合子伯母さんの番号を探している。なぜ警察ではなく百合子伯母さんなのかはわからないが、映画のなかでもこういうときに警察が役に立ったためしはないし、下手をすると犯人グループとつながっていたりするし、なんといっても百合子伯母さんは『ダイ・ハード』のブルース・ウィリスばりに頼りになる。

が、通話ボタンをタップするわたしの指を、どよめきが押しとどめる。

ピカデリー・ビルに横づけされた車から降りてきたその女性は、まるでリムジンからレッドカーペットに降り立った大女優のように、近寄りがたいオーラでもってあたりを圧する。実際、写メを撮る者まで出る始末だ。

わたしが思わず跳び上がると、顔に疑問符を貼りつけた岩佐まち子もつられて立ち上がる。

「だれ？　ものすごいゴージャスな女性《ひと》やね」

「百合子ちゃん！」わたしは自転車をなぎ倒し、ガードレールを乗り越えて車道を横切る。「百合子ちゃん！」

伯母は人だかりのなかからわたしを見つけ、「あんた、こんなところでなんしようと？」

「それはこっちのセリフやん。いったい何事？」

「知らん」百合子伯母さんは遅れてやってきた岩佐まち子に一瞥をくれ、わたしに紙切れを差し出す。「タイガーマスクからファックスがきた」

「は？『虎の穴映劇』？」目に飛びこんできた大文字が口をついて出た。「なんこれ？」

「タイガーマスクが試写をやるみたいやね」

たしかにファックスの下には〈責任者・伊達直人〉とある。〈七月十五日（火）、二十一時半開場、二十二時開映、翌午前五時ごろ終映予定、場所・ピカデリー・ホール〉。いつも受け取る試写案内のファックスと似たり寄ったりの体裁だが、似たり寄ったりなのはここまでだ。

まず、上映作品の情報がなにもない。あらすじも上映時間も監督や役者たちの情報もなにもかも。そのかわりに、どこかの途上国と思しき子どもたちの写真が載っている。つぎに、通常の試写案内には「上映開始後の入場は固くお断り申し上げます」などの一文が添えられているものだが、

「え？『途中入場、途中退場、飲食喫煙可、子ども同伴歓迎、開映前に募金のお願いがあります』？」

「やけん知らんって」

百合子伯母さんは鬱陶しそうに手をふり、さっさとエレベーターの列にならぶ。

わたしは岩佐まち子と顔を見合わせる。


いつものロビーでわたしと百合子伯母さんを出迎えてくれたのは、まごうことなきタイガーマスクである。

「え？　ウメさんよね？」

「ちがいます」と、タイガーマスクの面をつけた梅津茂男。「伊達直人です」

「浅井社長！」と、これまたタイガーマスクの面をつけた映写技師が飛んでくる。「ようこそ！　ようこそ！」

梅津が忌々しげに舌打ちをした。

「高柳さん」百合子伯母さんは頭のなかが桜満開の老骨に手を取られ、優雅に試写室へと入っていく。「どういうことか説明していただけます？」

わたしはまたぞろ梅津にむきなおる。

「てゆーか、ウメさんやろ？」

「伊達です」

「なにやってるんですか、ウメさん？」

「**伊達です**」

「…………」

「間もなく上映開始ですので、なかへどうぞ」

「虎の穴映劇へようこそ、発起人の伊達直人です」ではじまった梅津茂男の挨拶を、わたしは狐《きつね》につままれたような気分で客席から聞いている。「初回のイラク、第二回のチベット、前回のミャンマーにつづき、第四回の開催の運びとなりました。今回は中国映画の夕べです。数年前から日本全国にタイガーマスクがあらわれて無私無欲の善行を積んでいることは、みなさんもニュース、新聞等でお聞き及びのことと思います。日本人として、まことに喜ばしいことであります。当虎の穴映劇はそれに倣うものであります。これから明朝まで映画を四本ご覧になっていただきますが、事前にお送りしたファックスにもありますように、途中退場、途中入場、飲食喫煙、なんでもありです。ロビーではワンコインでワインの販売も行っております」

百合子伯母さんがわたしをつつく。「あの娘、帰ったと?」

「ん？　ああ……子どもがおるけん」

「あの娘が例のあれやろ、奈津子たちが言っとったあんたの新しいカノジョやろ？」

「わたしたちが子どもの時分の映画館というのは、ほんとうにいかがわしいところでした」タイガーマスクの面のせいで、梅津は少々息苦しそうだ。「いかがわしくて、くさくて、ちょっと危険で……わたしたちはそんな映画館が大好きでした」

客席には日本人も中国人もいるが、みんなが一様にうなずく。

「今夜はタイムスリップしてむかしの映画館に来たつもりで、どうかおおいに楽しんでください。そしてお帰りの際にはロビーにしつらえた募金箱に、おいくらでもけっこうですので、ご寄付をいただければと思います。わたくし伊達が責任を持って、全額を中国湖南《こなん》省の小学校に寄付させていただきます」

客席から拍手があがる。

「カノジョやないよ」わたしは百合子伯母さんに身を寄せ、「カノジョになるまえに、もう終わってしまったっちゃん」

「ふぅん」伯母さんはあの長いシガレットホルダーに火をつけ、「良さそうな娘に見えたけど」

「このような上映会はもちろん違法です」と、梅津がつづけた。「著作権を侵害する行為となり、五年以下の懲役または五百万円以下の罰金が科せられる恐れがあります。よくわかりませんが、だいたいそれくらいです。しかし、全責任はタイガーマスクにあります。もし警察に捕まって拷問にかけられたら、犯人は伊達直人ということでお願い申し上げます」

どっと沸く客席。

「本編上映のまえに、今回わたしたちが寄付しようとしている小学校の短い映像をご覧になっていただきます。その小学校のある地域は冷害に見舞われて作物が収穫できず、村人の出稼ぎ先である花火工場が爆発したせいで両親を亡くした子どもがたくさんおります。この映像を撮影し、そして本編に日本語字幕をつけてくれた留学生たちに拍手をお願いします」

拍手に包まれて、梅津の背後に控えていた男女が手をふったり、お辞儀をしたりする。賢明なる読者諸氏はもうおわかりだろうが、もちろんあの大きな眼鏡をかけた人殺しのウディ・アレンも誇らしげにそこに立っている。

「映画になにができるだろう？　当虎の穴映劇は十年一剣を磨くが如くそのことを考えつづけてきたわたしの、ひとつの答えなのだと思います」

挨拶を締めくくるまえに、梅津はそう言って深々と頭を下げたのだった。

そして明かりが落ち、銀幕が輝きだす。

スクリーンをよぎる大きな人影が、ケータイを耳にあてながら試写室を出ていく。

最前列に陣取った中国人の男女が、睦《むつ》みあう張國榮《レスリー・チャン》と梅艶芳《アニタ・ムイ》を指さしてゲラゲラ笑う。

おおいに盛り上がった一本目の『新龍門客棧《ドラゴン・イン》』という武俠《ぶきょう》映画につづいてはじまった

のは『胭脂扣《ルージュ》』という香港映画で、梅艶芳扮する美しい娼妓《しょうぎ》と、張國榮扮する粋《いき》な若旦那が身分違いの恋の果てに心中するのだが、張國榮だけが首尾よく死ねない。で、五十年後、幽鬼となった梅艶芳が、かつての恋人を訪ねて八〇年代の香港をさまようのだ。

だれかのこぼした飲みものが足下をちょろちょろ流れていく。

百合子伯母さんはなにも言わずに試写室を出ていったきり、かれこれ三十分ほど帰ってこない。たぶん、もう永遠に帰ってこないだろう。

わたしはスマホを取り出し、画面の光など気にもせず、岩佐まち子にメールを打つ。いま試写室でなにが行われているか、彼女がわたしにどれほど霊感をもたらしてくれたか、映画からなにかをかすめ取るだけの人生ではなく、映画とともにわたしになにができるのか——

いつしか観客たちは静まり、女幽鬼に訪れる二度目の傷心に涙を流す。わたしも心地よい闇の底に沈み、めくるめく悲恋に身をまかせる。

人影もまばらな試写室には食べ滓《かす》や飲み残しや吸い殻が散乱し、眠気と煙草の煙がわだかまっている。

『南拳北腿《シークレット・ライバルズ》』というカンフー映画で二度目の盛り上がりを見せたあと、わたしも各方面で取り上げた台湾映画『モンガに散る』で虎の穴映劇は幕を閉じたのだった。

　わたしは女子トイレの脇から非常階段に出、夜の気配が色濃く残る階段をのぼり、屋上へ出るアルミドアを押し開ける。

　いつものようにどっと風が吹きつけ、いつものように鳩たちが飛び立ち、わたしは打ち寄せる朝陽《あさひ》に蒸発してしまいそうになる。

　空っぽの明治通り、うっすらと靄《もや》のたなびく川面、一片の雲もない澄んだ空——ディレクターズチェアに腰かけると、梅津が言わずもがなでワインを注いでくれた。

「今日は暑くなりそうやな」

「おれ、ウメさんが映画泥棒と思ってました」

「そうか」

　わたしたちはワインを飲む。

「おれよ」

「え？」

「今回手伝ってくれた留学生たちのなかに、そっち方面にコネのあるやつがおってな」

「でも……でも、なんでですか？」

「松田くんは一年間にどれくらいの映画がつくられとうか知っとう？」梅津はわたしの返事を待たずにつづけた。「おれには見当もつかんけど、多すぎて映画館でかけてもらえん作品もいっぱいある」

「そうですね」

「そんな映画たちが不憫でなあ。松田くんに取り上げてもらえる作品は幸せよ」

「………」

「おれが好きな映画やら、なんちゅうか……出来のいい入れ歯みたいなもんやなあ」

「出来のいい入れ歯……?」

「わかる人にはわかるけど、ほとんどの人には無用のもんよ」ひと息つく。「けど、人間、いつかは必要になる。もしおれが監督やったら、金やらいらんけん、そんな映画でもみんなに観てもらいたいなあ」

「けど、じゃあ、なんでうちの伯母が扱っとうような大手の作品も流したんですか?」

「それはな、松田くん」と、梅津。「おれがいいと思う作品だけやと、いくら中国のサイトでも買ってくれんけんたい」

そのときわたしが感じたのは、怒りでも悲しみでもなく、憧れにも似た心強さだった。映画産業の末端にいるわたしたちのような取るに足らない者のなかにも、自分がなにをやっているのかちゃんとわかっている者がいる。はじめて映画から自由でいられる映画人に出会えたような気がした。そんなふうに思うなんて、たぶん徹夜で映画を観たせいで頭が朦朧《もうろう》としていたのだ。

「その金もみんな寄付するんですか?」

梅津はワイングラスといっしょに眉を持ち上げた。

わたしは溜息をつき、木箱の上の仮面をつまみ上げる。「けど、こんなことやっとったらいずれ捕まりますよ」

「もうせんよ」

「え？」

「今年いっぱいでこのビルは取り壊されるけん」

そうか、あの測量士たちはそういうことだったのか。

「何年もまえから決まっとったことやけど、近づくにつれて、なんかこう……なんかやり残したことがあるような気がしてな」

「そうだったんですか」

「一生、映画ばかり観てきた。じつに無駄な時間やったと思うけど、そうかといってほかに好きなこともない」

言葉とは裏腹に、その顔は晴れやかで――まるで紙のように白く、充血した目の下に馬鹿みたいな隈《くま》をこさえ、口の端には唾がこびりつき、股間にも得体の知れないシミをつけているのだけれど、ここまで歩いてきたのだという矜持《きょうじ》がにじみ出ていた。

わたしたちはワインを飲んだ。酸っぱい味がした。

「ウメさんの最高の一本って、やっぱ『レ・ミゼラブル』的なやつでしょうね」

「『タイガーマスク』やないことだけはたしかやね」鼻で笑う。「松田くんは？」

「おれは……」おれは観客にはならないと言ったパトリック・スウェイジが頭をよぎった。「いまはなにも思いつきません」

「そうか」

「でも、もしかしたら……」

自分が言おうとしていることに気づき、あわてて口を閉じる。

仕事も恋愛も、なにひとつ思いどおりにならない。おまけに夜っぴて映画を観て、正常な判断ができる状態でもない。

だからこそ、いまがそのときなのだとわかった。

わたしは出口に手をかけていた。あんなに押しても引いてもビクともしなかった扉が、まるでわたしの口から正しい呪文が出てきたかのように、音もなく開こうとしている。

やおら立ち上がったわたしを、梅津が目を細めて見上げる。

「帰ると？」

「いいえ」と、答えた。「頭がおかしくなってるうちにやっときたいことがあって」

アルミドアを引き開け、階段を下り、ピカデリー・ビルをあとにする。明治通りに出、来し方を——昨夜の西大橋をふりかえる。岩佐まち子とじゃれ合っていた時間が色褪《いろあ》せ、じつはなにも起こらなかったのではないかとさえ思えてくる。

でも、なにかが起きたのだ。

ずっとなにかが起こっていた。そして、いまも起きつづけている。わたしはそのただなかに在る。わたしたちの関係は終わったと言うほど重くはなく、済んだと言うほど軽くもない。スマホをひっぱり出し、彼女の痕跡《こんせき》をすべて消す。わたしは頭がおかしくなっているので、いまならなんでもできる。すると心臓が数センチ沈みこみ、愛が地図のように縮尺されるかわりに、生々しい夢のしっぽが見えた。いま捕まえなければ、また腐らせてしまうのはわかっていた。わたしはするすると逃げ出してゆくそのしっぽを追いかけ、博多駅までとぼとぼ歩き、東京往《い》きの新幹線に乗りこむ。

最高の一本。

列車は未《いま》だ見ぬその一本へむかってひた走る。未だつくられぬが、わたしのなかにしっかりと根を張る一本へと。

矢のように飛び去る街に焼きついたわたしたちの幻影は、まぶしすぎる陽光に塗りこめられ、透きとおり、悲しいくらいあっという間に遠ざかってゆく。

エピローグ　ラブコメの未来像を描く試み

試写室を出てすぐ電車に飛び乗れば午後四時二十分の飛行機に充分間に合うはずなのだが、人生がわたしの思いどおりになったためしはない。

ほんとうは時間がないのに、とりあえず時間がたっぷりあるので、わたしと瀬戸笙平はそのへんの喫茶店に入り、もう百万回くらい話し合ったことをまたぞろ話し合う。

「やっぱりヒロトが最後にマサミをたすけないのは不自然な気がするんだよね」腕組みをした瀬戸がうなる。「おれが求めているのは、そういう哲学的な終わり方じゃないんだよ」

「カー、なーんもわかっとらんね、おまえは」と、わたし。「ヒロトとマサミはそれまでさんざん阿呆なことをやって客を笑わせとっつぇ。それで最後にキスしてハッピーエンドや？　ご都合主義もたいがいにせえよ」

「ご都合主義でいいんだよ。客が観たいのはゴタゴタを乗り越えて結ばれるヒロトとマサミなんだから」

「やけん一年後にまた再会させとうやん。そこからふたりの第二章がはじまるっちゅう予感と、ひいては文明が復興するという希望を残してエンドロールたい」

「このふたりが再会するキッカケもさあ……なんなの、これ？」

「なんなのって、なんか文句あるとや？」

「ヒロトの詩の朗読会にマサミがやってくるとか、ありえねえだろ」

「ここはこれでいいったい。ヒロトの言葉がやっとみんなにとどいたっちゃけん。物語ちゅうのはやね、ちょっとわざとらしいほうがわかりやすいったい。ヒロトはずうっと世界を救う呪文を探しとうっちゃけん、ぜんぜん不自然やないやん」

「あとさあ、ヒロトが蔵のなかで見つける古文書なんだけど……」

「またその話や？　やったら、おまえはどうやって日本を滅ぼすつもりや？　言っとくけど北朝鮮のミサイルやら隕石やらにしたら、この映画は台無しになるぜ」

「つか、なんでラテン語なの？　ヒロトは青森の人だよね？」

「やーけんなんべんも言ったろ？」わたしは怒っている。午後四時二十分の飛行機に乗れば六時には福岡に着き、七時には家に帰り着けるのに。「主人公が読めんはずのラテン語をすらすら読んだり、ルービックキューブみたいなパズルをまわすことで邪悪なもんが解き放たれるのがホラーの鉄則やろうもん。『ヘルレイザー』観とらんとや？」

「な、なに言ってんの？　**これはラブコメなんだぞ！**」

さて、じつに一年三カ月ぶりのブログ再開である。

親愛なる読者諸氏におかれましては、〈松田杜夫のチューズデイナイト・シネマ・クラブ〉がなんの説明釈明もなく突如沈黙したことに、さぞかしご立腹のことと思う。

しかしながら、わたしとてなにも遊んでいたわけではない。この一年三カ月というもの、粉骨砕身くだんの脚本に磨きをかけてきたし（ジャックがヒロトに、ニムロッドがマサミに、舞台が日本に、そしてSFサバイバル・ムービーがラブコメになってしまった経緯については、わたしにもよくわからない。いったいなにが起こったんだ?）、もちろん映画評も書きつづけている。瀬戸笙平の口利きで、福岡で試写のない作品は東京の宣伝会社から直接DVDを取り寄せている。ううむ、持つべきものは友だ。

有楽町《ゆうらくちょう》の雑踏に身をおくと、つくづく福岡はいい街だと思う。空は広いし、物価は安いし、魚は旨いし、よくは知らないが風俗嬢もやさしいらしい（東京の人間はふた言目にはそう言う。おそらく彼らにとって福岡に来て風俗で遊ばないのは、パリへ行ってエッフェル塔を見ないのとおなじことなのだろう）。

なのに福岡に住んでいると、東京への憧憬《どうけい》はつのるばかり。ふとした瞬間に、まるで明かりの落ちた映画館のように、この街のすべての汚いものがかき消え、純粋な希望だけがまぶしく目に映る。そういうものなのだ。そして、いま、この瞬間、わたしの目に映っているのは、ガードレールに腰かけた女の子のパンツである。

二十歳くらいだろうか、なかなか可愛い娘で、脚をガードレールの中段にのせているせいでスカートがずり上がり、ありえないくらいパンツが見えている。

ううむ、ここまで堂々と見せつけられると、逆に不安に駆られてしまう。『スラムドッグ$ミリオネア』であと一問正解すれば大金が手に入るという一世一代の局面で、みのもんたばりに押し出しの強い司会者に嘘の答えを耳打ちされた主人公の気分だ。

わたしは幸運を信じたい気持ちと、こんこんと湧き起こる猜疑心《さいぎしん》のあいだで激しく揺れ動く。『スラムドッグ$ミリオネア』では主人公は騙されなかったが、あんなものは絵空事だ。だいたい、パンツごときで大騒ぎするほうがおかしい。福岡の娘とちがって、東京の娘はパンツを見せることになんの抵抗もないのかもしれない。見えてもよいパンツなのかもしれない。

うん、きっとそうだ。

だって、水着とおなじじゃないか。その証拠に、行き交う人々だってチラリと目をむけはするが、見とれたまま電信柱に激突するようなおっちょこちょいもいなければ、蕎麦屋の自転車だってひっくりかえったりしない。

とはいえ、直視はさすがにためらわれる。そこでスマホでカムフラージュする。わたしは眉間にしわを寄せ、むずかしい顔で画面をいじくりながら、上目遣いにほんとうに見たいものを見る。きょうび、ほんとうに見たいものがあるだけでも幸せなことである。ほんとうに観たい映画すらなかなかない。あまりにも一心不乱にカムフラージュしていたせいで、耳元で怒鳴られたときにはスマホを取り落としそうになってしまった。

「あわあわあわあわあわ！」

手の上で躍るスマホを捕まえてふりむくと、いまどきめずらしい強面《こわもて》の若者が顔をぐっと近づけてくる。彼はしかるべき間を取り、おもむろにこうくる。

「なに撮ってんだよ？」

「え？　な、なんですか……」

「なに人の女を撮ってんだよ！」

「いやいやいやいやいや！」

パンツの女の子が手をたたいて笑い、わたしはすっかり世間の耳目をあつめてしまう。

「撮ってませんよ！　な、なに……なに言ってんですか⁉」

とはいえ、無罪を強弁できるほど清廉潔白でもない。そこのところがわたしの態度に微妙な翳《かげ》を落とし、さながらシラを切ろうとしている痴漢のような空気を醸し出す。

「いまケータイをむけてただろうが！」若者は短い髪の襟足だけをのばしているウルフカットで、側頭部にでたらめなソリコミが入っている。「ちゃんと見てたんだからな！」

「いや、ほんとに撮ってませんって……メ、メールを打ってただけですよ、ほら！」

わたしは相手にスマホを突きつけるが、そこには〈あちんいかく＊じょ?み!¥~さも%$$ま&ヴぇ；&ぢゃ〉などというわけのわからない文字列が画面いっぱいにならんでいる。
「なんだよ、これ!?」
「ぐむにょもごぎょ」
「おまえ、どこのカッペよ？」
数年前の六本木の事件が脳裏をよぎる。ここで迂闊なことを言えば、そのうち試写室とかで二十人くらいにバットで殴り殺されることになるだろう。わたしは貝のように口をつぐみ、首をぶんぶんふる。
「おい、この盗撮野郎」額に青筋を立てた若者がわたしの胸倉を掴み上げる。「どう落とし前をつけてくれんだよ、あ？」
「マジでキモいんですけど、こいつ」パンツの女の子もやってきて火に油をそそぐ。
「タマッてんでしょ、あんた？　タマッてそうな顔してるもんねえ」
残酷のギアを一段上げるまえに、ふたりはゲラゲラ笑って小休止する。わたしもつられて笑う。笑う門には福来たるだ。いっしょになって笑えば、たとえ許してはくれなくても、すこしは手心を加えてもらえるかもしれない。

「なに笑ってんだよ、てめえ！」

「――ですよねえ」

「ナメてんのか――のわっと！」

若者が藪から棒にのけぞり、わたしは反射的に腕で顔をかばう。が、相手はなにも暴力に訴えようとしたわけではなさそうだ。呆然《ぼうぜん》と立ち尽くすカツアゲカップルの視線は、わたしの背後にじっとそそがれている。

わたしはごくりと固唾《かたず》を呑む。映画だと、わたしのうしろにいるのはチェーンソーを持った男か巨大なアナコンダというのが相場だが、殺人鬼や蛇は香水をつけたりしない。「ごめーん、待った？」と、腕に抱きついてきたのは従妹の恭子だ。「ちょっと撮影が長引いちゃって」

「あ、浅井恭子？」若者が口をぱくぱくさせる。「え？　マジで？」

「なにやってんの？」恭子はものすごく脚が長く見える花柄のパンツにシースルーの黒いシャツ、頭の上には大きなサングラスをのせている。「なに、この人たち？」

「いや、おれが彼女を盗撮したって言うっちゃけど……」

「はあ？」恭子は口の端を吊り上げ、百合子伯母さんゆずりの、あの他人を全否定するような目でパンツっ娘を見下ろす。「え？　この人があんたを？　ありえなくない？」

「なんだよ、てめえ、どういう意味だよ……」しかしながら、ほかのだれでもなく、カレシに憐《あわ》れみたっぷりの視線をむけられてしまったパンツっ娘は、滑稽なほどたじろぎ、たじろいだ自分を叱咤するように声を荒らげる。「なんだよ、なんでそんな目で見るんだよ、ショウタ……そんな目で見んじゃねえよ！」

「うっせえよ、ブス」と、ショウタくんはにべもない。恭子の手前、こんな女はカノジョでもなんでもないことを強調したいようだ。「浅井恭子の関係者がてめえなんかを盗撮するか、この馬鹿」

「あ、ああ……あんたがこいつにしようっつったんじゃん！」

「早くしないと遅れちゃう」恭子がわたしの腕をひっぱる。「いこ」

「あ、あの！」と、すっかり声の裏がえった我らがショウタくん。「い、いっしょに写真とかダメすか？」

恭子は抜け目なく「よろこんで」と会心の笑みを顔いっぱいに咲かせ、さっさと若者の腕に抱きついてポーズをキメる。

「お、おい！　なにやってんだよ、てめえが撮るんだよ、ブス！」すっかり舞い上がったショウタくんはパンツっ娘をどやしつけ、恭子にぺこぺこ頭を下げる。「すみませーん、もう、使えないやつで……オラ、ちゃんとイチ、ニのサンって言えよ！」

パンツっ娘はすすり泣きながらも、ケータイにふたりの写真を収める。

「あっ、目をつむっちゃった！　すみませーん、もう一枚いいですか？　アハハハ、おれ、恭子さんのちょーファンなんすよ、部屋にもポスターとか貼ってて……オラ、恭子さん待ってくれてんだぞ、早く撮れよ、この野郎！」

美人というのは、前世で徳を積みまくった人の生まれ変わりなのかもしれない。きっと最後の試練なのだ。ここでさらに徳を積めば解脱でき、輪廻転生《りんねてんしょう》の輪から永遠におさらばできる。

しかし、たいていの美人はこの試練に合格できない。ＪＲの駅の階段をのぼりながら「あいつら、もう終わりじゃね？」とほくそ笑む従妹を見るにつけ、きっとこいつの来世は映画オタクかなにかじゃなかろうかと思うのだ。

羽田《はねだ》空港へむかうモノレールのなかで、恭子から百合子伯母さんへの荷物を託される。

「契約書と年末公開の映画が六本やけん。契約書は今度杜夫兄ちゃんが東京に来るときに持ってくればいいって」

「てゆーか、郵送しろよ」

「お母さんさ、会社閉めちゃってからマジで口うるさくってさ。アマゾネス企画、再開できてよかったよ」

「人間、暇にしとうとろくなことないけんね。博多に新しい試写室もできたし、配給会社と契約もできたし、百合子ちゃんもしばらく東京には来んっちゃない？」

「けっきょく、あんときの映画泥棒は捕まらんかったたっちゃろ？」

「まあ、捕まらんやろ」わたしはしれっと言ってのける。「ふつうの人にしてみれば、たいしたことでもないしね。そこんところは配給会社もわかっとうけん、また福岡でも試写をまわすようになったたっちゃないかな」

あの日以来、梅津茂男とは会っていないことも申し添えておきたい（とくに警察関係者に）。とはいえ、どこかで元気にあの深夜上映会をやっているにちがいない。つい先日のことだが、インドとナイジェリアの小学校に伊達直人からの贈り物がとどいたというニュースに接した。

中国に関して言えばタイガーマスクの「タ」の字も聞かないけれど、だからといって梅津があの夜の「あたたかい人のなさけ」をネコババしたわけではあるまい。中国をほかの国と同様に論じるわけにはいかない。ポール・セローも書いているではないか。あの国では公式に否定されたことが真実である、と。

「いまにして思えば、ほんの一カ月くらい試写がなかっただけやもん」

「瀬戸笙平との映画の話は？」と、恭子が話題を変える。「この業界、映画の企画やらポシャりまくりやん？」

「ああ、ね。けど、瀬戸んとこは自分で資金調達もしようっちゅうことやけん、いずれ形になるっちゃないかな」

「資金調達ってそげん甘くなかろうもん」

「クラウドファンディングちゅうてね、これこれこういう映画をつくるけん、ひと口五千円から支援してくださいってネットで呼びかけるとよ。支援額に応じて試写会に招待したり、映画で使った衣装や小道具がもらえたりするっちゃけど、アメリカではあたりまえみたいよ」

「ポシャったら？」

「まあ、全額返金やね」

「ふうん」

「どうや、おまえも？　百口くらい支援してくれたらチョイ役で出しちゃあぜ」

「はあ？　てゆーか、あたしを使いたいんやったらそっちがギャラを出せ」

食ってかかる従妹をわたしは片手で制し、ジャケットのポケットから『アナと雪の女王』を鳴り響かせるスマホを取り出す。

「あ、いまモノレールのなかやけん」

「――――」

「えっと、六時二十分やけん、そっちには八時ごろかな」

「――――」

「わかった。じゃあ、あとで」

窓の外を流れてゆく黄昏の街並みは、さながらセルロイドに焼きつけられた思い出のように、いつでもわたしをちょっぴり悲しくさせる。しかし、いつまでも感傷にひたってはいられない。人生はこの車輛のように動きつづけているのだし、恭子がわたしの向こう脛をガツッと蹴飛ばしたからだ。

「あ痛ーす！」

「だれからだったんだよ？」

「おまえに関係なかろうが」

「どうせあの外人かぶれのカノジョやろ？」ふんと鼻でせせら笑う。「いつもガキがいっしょやけんヤラせてもらえんてね」

「奈津子ちゃんやろ？　どうなっとうとや、うちの家族は？　なんでそんなことが話題になるとや？」

「ぶっちゃけ、いつからなん？　お母さんの話やと、いっぺん別れたっちゃろ？」

「憶えとらんし。去年、おれが発作的に東京に出て来て、おまえんところにしばらく居候させてもらったやん？」

　恭子がうなずく。

「そのあいだは連絡取っとらんかったけど、福岡に帰ったらなんかまた自然に……けど、そんなもんやない？」

「自然に、か」恭子は目尻をぬぐい、「なんか、うらやましいな」

「そういえば、おまえ、週刊誌で見たばい」同情を禁じえない。「またあの俳優のカレシに殴られたっちゃろ？　自業自得たい」

「はあ！」

「いいけん、話してみろ。聞いちゃあけん」

「他人《ひと》のことに首を突っこまんでよ！」

「べつに無理にとは言わんけど、話したほうがスッキリするぜ」

「で？」と、ハンカチで洟を拭きながら。「さっきの電話、なんて？」

「はあ？　おまえこそ他人のことに首を……」

槍《やり》のように鋭いハイヒールがわたしの脛に食いこむ。

「あ痛ーす、もう！」わたしは蹴られたところをさすりさすり、「空港に迎えに来てくれるげな、しかも**ひとりでな！**」

「ガキは？」

「裕樹と千紘といっしょに、真璃絵ちゃんが野球ば観に連れていったげな」

わたしの幸せになどまったく興味のない従妹は、さっさと自分のケータイをひっぱり出していじりはじめる。

わたしはいま、まあ、こんな感じだ。

この世のいっさいがっさいはラブ＆コメディだ——と言えば、こじつけに過ぎるだろうか？　そうかもしれない。しかし女に捨てられようが、男に殴られようが、こつこつやってきたことを否定されようが、ころんでただで起きたくなければ、これはもう楽しむしかない。戦争でさえ、ハリウッドにしてみりゃメシのタネ。だとすれば、いったいなにを深刻ぶる必要がある？

解説

瀧井朝世

舞台は福岡。映画コラムの執筆で収入を得ている〈わたし〉こと松田杜夫、三十歳、独身。彼はまったくモテない。その理由のひとつが、親族の女性たちがみな並外れた美人、しかも強烈なキャラクター揃いだからだという。それは一体どういうことか——。

設定からしてコメディタッチの本書は、二〇一四年八月に単行本が上梓《じょうし》された同名タイトルの文庫化作品である。著者の東山彰良氏は二〇〇二年に『逃亡作法　TURD ON　THE　RUN』（宝島社文庫、応募時のタイトルは「タード・オン・ザ・ラン」）で第一回「このミステリーがすごい！」大賞銀賞と読者賞を受賞して作家デビュー。これは近未来の囚人たちの脱獄劇を描いたクライム・ノヴェルだった。その後、犯罪小説やミステリにとどまらず、幅広い作風の作品を発表してきた著者。たとえば大藪春彦《おおやぶはるひこ》賞受賞作の『路傍』（集英社文庫）は青春ロードノヴェルと呼べるし、大長篇『ブラックライダー』（新潮文庫）は終末の世界を描いたSF小説。そして直木賞受賞作『流』（講談社）は台湾の台北を舞台にした青春小説であり、祖父の死をめぐる家族の物語であった。そうはいっても、やはりラブコメを書くとは意外、と思われる読者もいるかもしれない。しかし、読めば納得するはずだ。本作は著者ならではのエッセンスが詰まった、つまりはとても東山さんらしい作品なのである。

ラブコメの法則を章立てにして進む本作。たとえば「プロローグ　トラウマはなににも増して重要なラブコメの前提である」、「1、男女の出会いは唐突であればあるほどよく、第一印象は悪ければ悪いほどよい」といった具合。しかし、杜夫と、その後彼が恋することになるまち子は、いくらなんでも第一印象が悪すぎ！　しかもまち子の印象は次第に改善されていくものの、杜夫ときたら、どんどんダメっぷりを発揮してしまう。一人で悶々《もんもん》としたり空回りしたり、十代の初恋かと思うほど不器用で、それだけでなく無神経なんだから始末におえない。特に友人の藤丸と一緒になると男子のしょうもなさが最大限に発揮されて、時にはかなりお下劣だ（特にサーモカメラ‼　あれはいかん‼）。まあ、そういうちょっぴりお下品なエピソードで笑わせるというのも、従来のラブコメにはよくあるものだ。

ただ、法則に則っているとはいえ、決してステレオタイプの登場人物たちがお決まりのパターンを踏んで結ばれていくという話ではない。むしろ、現実の恋と同じで、まったく先の予測がつかない。そう、これは現実にもいそうな、ちょっぴりダメで、でもチャーミングな大人たちが、惹《ひ》かれ合ったり衝突したりしながら真剣に自分たちの次の一歩を探していく姿を描いた物語なのだ。

さて、杜夫のキャラクターはもちろんフィクションであるが、著者の経歴を知っているとまた味わいが変わるので触れておきたい。この主人公と作者には、共通点がいくつもあるのだ。本作の舞台、福岡は著者縁《ゆかり》の地。東山さんは一九六八年に台湾に生まれ、父親の仕事の関係で五歳で家族で広島に移住、その後一度台湾に戻り、九歳の時に家族で福岡に越してきて、以降はこの地で育ったのだ。

杜夫は大学進学で上京。映画の脚本のコンペで敗れ恋人にもふられ会社を辞めて故郷に戻ってきている。著者の場合は福岡の大学を卒業して東京で就職、1年間勤務して（どうも東京が合わなかったらしく）福岡に戻って大学院に進んだ。時期と経緯は異なるものの、東京を一度経験して戻ってきた、という点で、作家と主人公の住まいの変遷は同じだ。

また、杜夫同様、東山さんも相当な映画好きだ。以前インタビューした時に、中学生の頃からセンターシネマや天神映劇に通っていた、と語ってくれた。本作で梅津という男が昔の天神映劇について語る場面があるが、当時、実際にああいう雰囲気であったという（詳しくは本文でご確認ください）。小説内で挙がっている映画はもちろん著者の好みが反映されているだろうし、タランティーノの名前が出てきた時は「やはり」と思った。蛇足だが情報として加えておくと、東山さんは同監督作品の『ジャッキー・ブラウン』の原作者、エルモア・レナードの小説を読んだことから作家を目指すようになったのである（ちなみにレナード原作の映画は、ほかに『ゲット・ショーティ』がある）。三十歳前後の頃、大学院生だった東山さんは自分の論文を翻訳するために英語を学んでおり、その一環として原書で小説を読むことにした時に人から「読みやすい」と勧められたのがレナード作品だったという。二〇〇〇年に小説を書き始めた当初は、レナードだったらこう書くだろう、と考えて創作していたそうだ。テンポのよさ、軽妙な会話、スラップスティックな展開など、東山作品に見られる特徴はレナードからの影響だといえる。

ちなみに著者が小説を書き始めたのが三十二歳。三十歳の杜夫よりも年上だ。つまり、杜夫の年齢だった頃は、まだまだ著者自身、将来が確定していなかったのではないだろうか。この主人公の頼りなさは、当時の自分と重なるものがあったのかもしれない（ちなみに東山さんは杜夫と違い、すでに結婚していた）。いつまでも人に甘えて生きていられない三十代。東山さんが小説を書き始めたように、杜夫もそろそろ自分の人生と向き合って、成長していきたい時期だ。三十歳はもう充分大人である一方、まだまだ成長の余地がある年頃。杜夫も新たに人を好きになって、仕事で悩んで、諦《あきら》めかけた夢にも向き合うことになっていく。そう、これはダメな男の成長物語でもある。第一章でこの男のことを頼りなく、情けないと思った読者の方々。どうか最後まで温かい目で見守ってやってください。

さて、強烈な印象を残すのは、親族の女性たちだ。杜夫自身は両親と妹の四人家族。妹の小夜子はすでに結婚、裕樹という息子がいる。杜夫の母には三人の姉妹がおり、ドン的な存在は長姉の百合子で、元タカラジェンヌ。次女が母であり、三女の奈津子は恋多き女、四女の真璃絵はカノジョを連れて歩いていたような男前。さらには百合子の娘がモデルの恭子、奈津子の娘が元暴走族の希美とリポーターとして活躍する亜矢子で、希美には子役で活躍する千紘と、亜美と紅美という双子の娘、そして息子がいる。と、圧倒的に数でも女性が勝っているこの一族、しかもいちばん容姿がよくないとされている亜矢子でも、リポーターとして活躍しているほどの外見の持ち主だ。見た目とはまた別に、みな自分を持って強く生きている様子なのがいい。杜夫だって、彼女たちの美点に気付いている。〈彼女たちは偽らない。ありのままの自分を押し隠すくらいなら、いっそのことぶっ壊してしまえと思っている〉。その潔さと真っ直ぐさを彼も愛しているからこそ、好きになる相手はなぜか親族の女性たちに似ているのだ。

この女性たちの物語には、かなり惹かれるものがある。一人一人のバックグラウンドがどれくらい著者の頭のなかで構築されているのかは分からないが、それぞれに波瀾万《はらんばん》丈《じょう》のストーリーがありそうなのだ。また、その後に刊行された自伝的要素の入った『流』の、主人公の周囲の女性たちの気が強い様子、はっきりした物言いは、本書に登場する女性たちと重なるものを感じる。

いずれにせよ、女性たちがみな、主人公にとって都合よく動く駒になっていないところが、本書の大きな魅力である。『流』が台湾版&男性版家族の物語とすると、本書は福岡版&女性版家族の物語の序章だと思えてくる（杜夫は狂言回しだ）。心の底から続篇を期待している。

恋愛、青春&成長、家族の系譜、ちょっとした謎、そして人生に対するノスタルジーと、人々に対する愛情。この物語には、そうした要素がたっぷり注ぎ込まれている。いや、それらの要素はいつでも東山作品には盛り込まれている。毎回、その配合を変えるだけで、相当読み味の異なる作品を生み出すのだから、お見事。どの作品も世界観は違うのに、みなやはり東山作品だなあと思わせるのは、そうした共通するエッセンスが惜しみなくどの作品にも注ぎ込まれているからだろう。

実は本書には、ＳＦ要素までもきちんと盛り込まれている。杜夫が書こうとしている脚本の内容だ。核戦争で荒廃した近未来、人類は共食いしているという。こうした舞台設定は、そのまま『ブラックライダー』に通じるもの。こちらも傑作なので、未読の方はぜひ。この著者の可能性の底知れなさを味わうはずだ。

（たきい・あさよ　ライター）

本書は、二〇一四年八月、書き下ろし単行本として集英社より刊行されました。

参考文献

継母礼讃　マリオ・バルガス＝リョサ　西村英一郎訳　中公文庫
珍説愚説辞典　J・C・カリエール他編　高遠弘美訳　国書刊行会
白鯨（上）　メルヴィル　八木敏雄訳　岩波文庫
ブータン人の幸福論　世界一しあわせな国　福永正明監修　徳間書店

東野圭吾　毒笑小説
東野圭吾　白夜行
東野圭吾　おれは非情勤
東野圭吾　幻夜
東野圭吾　黒笑小説
東野圭吾　歪笑小説
東野圭吾　マスカレード・ホテル
東野圭吾　マスカレード・イブ
東山彰良　路傍
東山彰良　ラブコメの法則
樋口一葉　たけくらべ
備瀬哲弘　精神科ER　緊急救命室
備瀬哲弘　うつノート　精神科ERに行かないために
備瀬哲弘　精神科ER　鍵のない診察室
備瀬哲弘　大人の発達障害　アスペルガー症候群、AD/HD、自閉症が楽になる本
日髙敏隆　世界を、こんなふうに見てごらん
日野原重明　私が人生の旅で学んだこと
響野夏菜　ザ・藤川家族カンパニー　あなたのご遺言、代行いたします
響野夏菜　ザ・藤川家族カンパニー2　ブラック婆さんの涙
響野夏菜　ザ・藤川家族カンパニー3　漂流のうた
姫野カオルコ　みんな、どうして結婚してゆくのだろう
姫野カオルコ　ひと呼んでミツコ
姫野カオルコ　サイケ
姫野カオルコ　すべての女は痩せすぎである
姫野カオルコ　よるねこ
姫野カオルコ　ブスのくせに！　最終決定版
姫野カオルコ　結婚は人生の墓場か？
平岩弓枝　釣女　花房一平捕物夜話
平岩弓枝　女櫛　花房一平捕物夜話
平岩弓枝　女のそろばん
平松恵美子　ひまわりと子犬の7日間
平松洋子　野蛮な読書
平山夢明　他《ひ》人《と》事《ごと》
平山夢明　暗くて静かでロックな娘《チャンネー》
ひろさちや　現代版　福の神入門
ひろさちや　ひろさちやの　ゆうゆう人生論
広瀬和生　この落語家を聴け！
広瀬隆　東京に原発を！
広瀬隆　赤い楯　全四巻
広瀬隆　恐怖の放射性廃棄物　プルトニウム時代の終り
広瀬正　マイナス・ゼロ
広瀬正　ツィス
広瀬正　エロス
広瀬正　鏡の国のアリス
広瀬正　T型フォード殺人事件
広瀬正　タイムマシンのつくり方
広谷鏡子　シャッター通りに陽が昇る
広中平祐　生きること学ぶこと

集英社文庫　目録（日本文学）

アーサー・ビナード　出世ミミズ
アーサー・ビナード　空からきた魚
深田祐介　翼の時代　フカダ青年の戦後と恋
深町秋生　バッドカンパニー
福田和代　怪物
福本清三　小田豊二　どこかで誰かが見ていてくれる　日本一の斬られ役　福本清三
藤田宜永　はなかげ
藤野可織　パトロネ
藤本ひとみ　快楽の伏流
藤本ひとみ　離婚まで
藤本ひとみ　令嬢テレジアと華麗なる愛人たち
藤本ひとみ　ブルボンの封印(上)(下)
藤本ひとみ　ダ・ヴィンチの愛人
藤本ひとみ　マリー・アントワネットの恋人
藤本ひとみ　令嬢たちの世にも恐ろしい物語
藤本ひとみ　皇后ジョゼフィーヌの恋
藤原章生　絵はがきにされた少年
藤原新也　全東洋街道(上)(下)
藤原新也　アメリカ
藤原新也　ディングルの入江
藤原美子　我が家の流儀　藤原家の闘う子育て
藤原美子　家族の流儀　藤原家の褒める子育て
船戸与一　猛《たけ》き箱舟(上)(下)
船戸与一　炎流れる彼方
船戸与一　虹の谷の五月(上)(下)
船戸与一　降臨の群れ(上)(下)
船戸与一　河畔《かはん》に標《しるべ》なく
船戸与一　夢は荒れ地を
船戸与一　蝶舞う館
古川日出男　サウンドトラック(上)(下)
古川日出男　gift
辺見庸　水の透視画法
保坂展人　いじめの光景
星野智幸　ファンタジスタ
細谷正充・編　新選組傑作選　誠の旗がゆく
細谷正充・編　時代小説傑作選　江戸の爆笑力
細谷正充　宮本武蔵の『五輪書』が面白いほどわかる本
細谷正充・編　時代小説アンソロジー　くノ一、百華
細谷正充・編　野辺に朽ちぬとも　吉田松陰と松下村塾の男たち
堀田善衞　若き日の詩人たちの肖像（上・下）
堀田善衞　めぐりあいし人びと
堀田善衞　ミシェル城館の人　第一部　争乱の時代
堀田善衞　ミシェル城館の人　第二部　自然　理性　運命
堀田善衞　ミシェル城館の人　第三部　精神の祝祭
堀田善衞　ラ・ロシュフーコー公爵傳説
堀田善衞　上海にて
堀田善衞　ゴヤ　I　スペイン・光と影
堀田善衞　ゴヤ　II　マドリード・砂漠と緑

集英社文庫　目録（日本文学）

堀田善衛	ゴヤ III 巨人の影に
堀田善衛	ゴヤ IV 運命・黒い絵
穂村弘	本当はちがうんだ日記
堀辰雄	風立ちぬ
堀江貴文	徹底抗戦
堀江敏幸	なずな
本上まなみ	めがね日和
本多孝好	MOMENT
本多孝好	正義のミカタ I'm a loser
本多孝好	WILL
本多孝好	MEMORY
本多孝好	ストレイヤーズ・クロニクル ACT-1
本多孝好	ストレイヤーズ・クロニクル ACT-2
本多孝好	ストレイヤーズ・クロニクル ACT-3
誉田哲也	あなたが愛した記憶
本間洋平	家族ゲーム
前川奈緒 深谷かほる・原作	ハガネの女
槇村さとる	イマジン・ノート
槇村さとる キム・ミョンガン	あなた、今、幸せ？
槇村さとる	ふたり歩きの設計図
万城目学	ザ・万遊記
万城目学	偉大なる、しゅららぼん
益田ミリ	言えないコトバ
枡野浩一	ショートソング
枡野浩一	石川くん
枡野浩一	淋しいのはお前だけじゃな
枡野浩一	僕は運動おんち
町山智浩	アメリカは今日もステロイドを打つ USAスポーツ狂騒曲
町山智浩	トラウマ映画館
松井今朝子	非道、行ずべからず
松井今朝子	家、家にあらず
松井今朝子	道絶えずば、また
松浦弥太郎	本業失格
松浦弥太郎	くちぶえサンドイッチ 松浦弥太郎随筆集
松浦弥太郎	最低で最高の本屋
松浦弥太郎	場所はいつも旅先だった
松浦弥太郎	いつもの毎日。衣食住と仕事
松浦弥太郎	日々の100
松浦弥太郎	松浦弥太郎の新しいお金術
松浦弥太郎	続・日々の100
松浦弥太郎	おいしいおにぎりが作れるならば。「暮しの手帖」での日々を綴ったエッセイ集
フレディ松川	老後の大盲点
フレディ松川	ここまでわかった ボケる人ボケない人
フレディ松川	好きなものを食べて長生きできる 長寿の新栄養学
フレディ松川	60歳でボケる人 80歳でボケない人
フレディ松川	はっきり見えたボケの入口ボケの出口
フレディ松川	わが子の才能を伸ばす親つぶす親
フレディ松川	不安を晴らす3つの処方箋 認知症外来の午後

集英社文庫　目録（日本文学）

松樹剛史　ジョッキー
松樹剛史　スポーツドクター
松樹剛史　GO-ONE
松樹剛史　エアエイジ
松本侑子　花の寝床
モンゴメリ　松本侑子・訳　赤毛のアン
モンゴメリ　松本侑子・訳　アンの青春
モンゴメリ　松本侑子・訳　アンの愛情
丸谷才一　星のあひびき
麻耶雄嵩　メルカトルと美袋《みなぎ》のための殺人
麻耶雄嵩　貴族探偵
麻耶雄嵩　あいにくの雨で
眉村卓　僕と妻の1778話
三浦綾子　裁きの家
三浦綾子　残像
三浦綾子　石の森

三浦綾子　ちいろば先生物語(上)(下)
三浦綾子　明日のあなたへ　愛するとは許すこと
みうらじゅん　とんまつりJAPAN　日本全国とんまな祭りガイド
三浦しをん　光
三木卓　柴笛と地図
三崎亜記　となり町戦争
三崎亜記　バスジャック
三崎亜記　失われた町
三崎亜記　鼓笛隊の襲来
三崎亜記　廃墟建築士
三崎亜記　逆回りのお散歩
水上勉　故郷
水上勉　働くことと生きること
水谷竹秀　日本を捨てた男たち　フィリピンに生きる「困窮邦人」
水野宗徳　さよなら、アルマ　戦場に送られた犬の物語
水森サトリ　でかい月だな

三田誠広　いちご同盟
三田誠広　春のソナタ
三田誠広　永遠の放課後
道尾秀介　光媒の花
美奈川護　ギンカムロ
湊かなえ　白ゆき姫殺人事件
宮尾登美子　岩伍覚え書
宮尾登美子　影絵
宮尾登美子　朱夏(上)(下)
宮尾登美子　天涯の花
宮木あや子　雨の塔
宮木あや子　太陽の庭
宮城谷昌光　青雲はるかに(上)(下)
宮子あずさ　看護婦だからできること
宮子あずさ　看護婦だからできることII
宮子あずさ　老親《ろうしん》の看《み》かた、私の老い方

集英社文庫

ラブコメの法則《ほうそく》

2016年1月25日　第1刷　　定価はカバーに表示してあります。

著　者　東山彰良《ひがしやまあきら》

発行者　村田登志江

発行所　株式会社 集英社
東京都千代田区一ツ橋2-5-10　〒101-8050
電話　【編集部】03-3230-6095
【読者係】03-3230-6080
【販売部】03-3230-6393（書店専用）

印　刷　大日本印刷株式会社

製　本　大日本印刷株式会社

フォーマットデザイン　アリヤマデザインストア　　マークデザイン　居山浩二

ISBN978-4-08-745405-5 C0193